少年子弟江湖老

那些诗里
未说尽的人生

梁知夏君／著

周睿／绘

清华大学出版社

北京

内容简介

本书以史书史料、轶事典故、诗词歌赋等为背景，解读了众多唐朝著名诗人的悲喜人生。读者不仅可以了解一首首名篇背后有着怎样的故事，还可以通过这些诗人的悲欢离合看历史、观自己、见众生。

本书文笔优美，见解深刻，读者群体广泛，适合各年龄段对诗词与历史感兴趣的读者，尤其适合年轻读者。

图书在版编目 (CIP) 数据

少年子弟江湖老：那些诗里未说尽的人生 / 梁知夏君著；周睿绘 . -- 北京：清华大学出版社，2024.9.

ISBN 978-7-302-66970-8

Ⅰ . I207.22

中国国家版本馆 CIP 数据核字第 20245G0L98 号

责任编辑：陈立静　张文青
装帧设计：杨玉兰
责任校对：李玉萍
责任印制：杨　艳

出版发行：清华大学出版社
　　　　网　　址：https://www.tup.com.cn, https://www.wqxuetang.com
　　　　地　　址：北京清华大学学研大厦 A 座　　邮　编：100084
　　　　社总机：010-83470000　　　　　　　　邮　购：010-62786544
　　　　投稿与读者服务：010-62776969, c-service@tup.tsinghua.edu.cn
　　　　质量反馈：010-62772015, zhiliang@tup.tsinghua.edu.cn
印 装 者：三河市春园印刷有限公司
经　　销：全国新华书店
开　　本：148mm×210mm　　　　印　张：7　　　字　数：162 千字
　　　　附赠小册子
版　　次：2024 年 9 月第 1 版　　　印　次：2024 年 9 月第 1 次印刷
定　　价：49.80 元

产品编号：080665-01

陈子昂

初唐四杰

张九龄

李白

杜甫

王维

韦应物

李商隐

杜牧

鱼玄机

　　唐诗江湖，传奇人物层出不穷，绝世诗词应接不暇，让后世啧啧称奇。在大唐初代偶像诗人天团"初唐四杰"谢幕后，越来越多的人对他们所引领的文学革新嗤之以鼻。在后世诗人们看来，这种老掉牙的风格应该被毫不犹豫地扫进历史的故纸堆里。

　　对此，永远在忧国忧民、忧愤发声的杜甫坐不住了，他提笔挥毫，写下了著名的《戏为六绝句之二》：

　　"王杨卢骆当时体，轻薄为文哂未休。尔曹身与名俱灭，不废江河万古流。"

　　一句"尔曹身与名俱灭，不废江河万古流"，表达了他对诗坛前辈的深情厚谊。

　　杜甫很了不起！但杜甫是死后很多年才被封圣的。

　　在杜甫生前，无论是在政坛还是在诗坛，他都寂寂无名。在安史之乱中，杜甫和一众李唐臣子被叛军俘虏，但叛军对他这样的微末小官一点兴趣都没有，甚至都懒得派人看守，杜甫这才趁乱逃出生天。

兵荒马乱中，处处生灵涂炭，谁也不知道杜甫这样一个手无缚鸡之力的读书人是怎么"穿越火线"，最终来到唐肃宗身边的。

和杜甫几乎同一时间被叛军活捉的另一位大诗人——王维就没这么幸运了。

状元出身的王维名声很响，即便是粗鄙不堪、杀人如麻的安禄山也对他青眼相加。为了让自己获得更多的政治声望，安禄山对王维特别关照，单独关押，并用尽各种手段逼迫王维效忠自己。王维在万般无奈之下，写下了《凝碧池》：

"万户伤心生野烟，百僚何日更朝天。秋槐叶落空宫里，凝碧池头奏管弦。"

诗写得很好，字字泣血，所以安史之乱被平叛后，当唐肃宗李亨清算叛国臣子时，王维靠着《凝碧池》以及弟弟王缙的力保，获得了朝廷的特赦。

人生的大起大落，让本就佛系的王维彻底转向了空门，他对世俗的功名利禄毫无兴趣，笔下的诗句愈发空灵，最终获得了"诗佛"的雅号。

有人看破红尘，想远离官场；有人身在江湖，想投身宦海。被称为大唐田园诗派盟主的孟浩然，就曾削尖了脑袋想要做官。

孟浩然不是生来就想归隐山林的，他一度想当官想到发疯，花了大半生的时间努力找关系，就是为了能在达官显贵面前混个脸熟，然后混上大唐公务员的编制。

但不知是不是真的命中注定，蹉跎了大半生，孟浩然的诗名传遍天下，却依旧没有一个人肯为他提供政治资源。

传说，孟浩然曾有过一次面圣的机会。王维（一说是张说）邀他入内署，正好唐玄宗驾到，惊慌之下，孟浩然躲到了床下。王维不敢隐瞒床下有人，而唐玄宗又刚好听说过孟浩然的才名，遂命他出来相见，并请他吟诵自己的得意之作，万分紧张的孟浩然脑子短路，居然吟出了一句"不才明主弃，多病故人疏"。

原本期待孟浩然能吟出一首赞颂圣主与盛世的好诗的唐玄宗听到这一句，顿时拉下脸来："卿不求仕，而朕未尝弃卿，奈何诬我！"

得罪了皇帝，孟浩然的求仕之路也就走到了尽头，不得不"向往"田园生活，彻底绝了入仕的念头。

孟浩然虽人在田园，但名却响彻江湖，李白、王昌龄等诗坛大咖都是孟浩然的铁粉。

唐玄宗开元二十八年（740年），边塞诗人的代表王昌龄路过孟浩然所在的襄阳（今湖北省襄阳市）时，专程登门拜访偶像。当时正在养病的孟浩然和王昌龄相谈甚欢，大快朵颐，忘记了要忌口这件事（孟浩然背上长了毒疮），导致旧疾复发，很快就撒手人寰。

王昌龄一定没有想到，偶像居然因为和自己吃了顿河鲜而死，他更想不到的是，十七年后，他会因为被嫉妒而死在亳州刺史闾丘晓的手中。

时过境迁，大家只记得王昌龄那句"洛阳亲友如相问，一片冰心在玉壶"，却甚少有人知道王昌龄是为数不多死于非命的大唐著名诗人。

除了高适、王之涣和岑参之外，能和王昌龄齐名的边塞诗人几乎没有。

在那个出行基本靠走的时代，能同时集齐四大边塞诗人中的三位的场合并不多，但王昌龄、高适和王之涣有一次同时出现在一个小酒馆内，创造出了"旗亭画壁"的诗坛佳话。

而这，是只属于边塞诗人的狂欢。

提到边塞诗人，不得不提高适，史书对其有这样一句点评："有唐以来，诗人之达者，为适而已。"意思是说：有唐一代，诗人里面仕途成就最高的，只有高适一人而已。

如果穿越回大唐，你遇到四十六岁之前的高适，对他说："你以后是要当大官的。"高适肯定一边骂你是个骗子，一边头也不回地走了。

别说高适了，跟谁说也不会信的，因为高适的仕途起步很晚。

四十六岁之前，高适是无心功名的农夫；四十六岁之后，高适是大杀四方的铁血将官。令人唏嘘的是，高适年轻时曾和李白、杜甫一同游历天下，但当数十年后再相逢时，高适成了平定永王之乱的指挥官，而李白却成了附逆永王的反贼。

唐诗江湖很精彩，每一位诗人都像是一颗发光的星辰，光芒相互映衬。

除了上述提到的几位诗人外，这本《少年子弟江湖老：那些诗里未说尽的人生》中还有很多诗人的生平故事，比如：运气好到开挂的贺知章、孤儿出身却华丽逆袭的韩愈、很丑很温柔的温庭筠……

所有的故事都基于正史，绝非胡编乱造。在深挖史料的同时，作者还尽量设身处地地揣摩这些诗人的悲欢离合、爱恨情仇，只为了尽可能地还原出栩栩如生、有血有肉的大唐诗人群像。

唐朝诗人朱庆馀在《闺意献张水部》这一行卷诗中，以一句"妆罢低声问夫婿，画眉深浅入时无"，将自己能否获得贵人青睐、踏上仕途的紧张与担忧表达得精妙传神。

同样，对于这本《少年子弟江湖老：那些诗里未说尽的人生》，作者梁知夏君也与朱庆馀怀着同样的心情：

"妆罢低声问夫婿，画眉深浅入时无？"

梁知夏君

目录

陈子昂

二十二字写出千古孤独

四十一岁冤死狱中

他是诗坛最孤傲的风骨

唐肃宗乾元二年（759年），泱泱盛唐的华章早已是明日黄花，取而代之的，是安史流毒后满目疮痍的江山与流离失所的百姓。

彼时的杜甫置身于乌烟瘴气的庙堂之中，心中的悲凉油然而生，这还是那个他甘愿冒死去千里投奔的明主王朝吗？不愿为五斗米折腰的他，最终选择弃官不做，携家带口，从甘陇入蜀地，直到成都浣花溪畔才停下脚步。

从唐肃宗乾元二年起，到唐代宗永泰元年（765年）止，杜甫一直寄居在蜀地，虽然生活艰难，却始终不改他忧国忧民的人生底色。杜甫仍在以笔为刀，以诗作史，对着日渐昏沉的大唐王朝发出一声又一声渺小而又伟大的呐喊。

纵然隔着悠悠岁月，伟大的灵魂也终会相逢。当杜甫发现自己的声音根本无法传到当权者耳中的时候，他的内心瞬间被前所未有的孤独所笼罩。这种苍茫天地间唯我一人的孤独，让杜甫想起了一个人，他叫陈子昂，一个已经辞世半个多世纪的诗人。

世事沧海桑田，但就像是盛唐气象一直留在世人心中那样，对于每一个写过诗的读书人来说，陈子昂就是不朽的神话，在每一个孤独徘徊、难抒胸臆的夜里，他们只需要吟一句"念天地之悠悠，独怆然而涕下"，心中的忧愤总能排解一二。

于是忧国忧民的杜甫来到陈子昂在蜀地的故居，在那里留下了诗作《陈拾遗故宅》，诗中有这样一句话："公生扬马后，名与日月悬。"相信九泉之下的陈子昂听后，一定会觉得足慰平生，因为远赴黄泉后，还有人能追忆曾经的自己，肯定自己那段艰难苦恨却矢志报国的人生。

这位两度从军、屡遭排挤的大诗人，在人生最黑暗的时候，用二十二个字写出了震烁古今的千古孤独，又于四十一岁时因得罪权贵，最终被罗织罪名，冤死狱中。

生前，陈子昂是不畏强权、敢为天下先的庙堂纯臣；身后，陈子昂是提振诗风，开启唐诗辉煌的诗坛风骨。前无古人、后无来者，他独自活成了大唐诗坛的无双风骨。

"杜甫陈子昂，才名括天地。"杜甫不知道的是，在他逝世数十年后，作为中唐诗坛盟主的白居易心有灵犀地将他和陈子昂相提并论。

如今杜甫和李白已经成为唐诗的代言人，但狂妄如李白这样的谪仙，和杜甫一样，在提到陈子昂的时候，也得感慨一句"麟与凤"。

和绝大多数诗人从小博闻强识不同的是，陈子昂是一个人生角色转换很鲜明的人，这位出生于梓州射洪县（今四川省射洪市）一个庶族地主家庭的年轻人，在父辈的荫庇下，度过了相当幸福的童年（陈子昂的出生年份众说纷纭，本文采用公元 659 年的说法）。

在陈子昂出生后的第五年，也就是唐高宗麟德元年（664 年），四海承平、国力蒸蒸日上的大唐正在酝酿一场血腥的政治清洗。

此时的大唐帝国已经不再属于李家，一个被后世称为"武则天"的女人，正在用自己的谋略和手段，逼得丈夫唐高宗李治节节败退。本欲命宰相上官仪起草废后诏书的李治因顾念旧情，一时心软，让武则天抓住机会，反败为胜。自此后，唐高宗每视事，武后皆垂帘于后，"政无大小，皆与闻之，天下大权，悉归中宫"，"天子拱手而已，中外谓之二圣"。

再后来，唐高宗李治病笃，大唐在无声无息中，从二圣临朝称制过渡到武则天时代，这对于天下黎民来说，似乎并不那么重要，而当时还处于孩提时期的陈子昂也一定不会想到，自己日后人生的辉煌由武则天开启，悲惨的结局也间接由武则天造成。

唐代诗人卢藏用在《陈子昂别传》中这样写道："嗣子子昂，奇杰过人，姿状岳立。始以豪家子驰侠使气，至年十七八未知书。"年少时的陈子昂用自己的言行，很好地诠释了那句"有钱就任性"，他大部分时间都在走马斗鸡，也常常凭着一腔热血去打抱不平。

和寒门子弟一心读书准备科考不同的是，陈子昂有万贯家财要继承。但在古代"士农工商"的严格划分之下，富甲一方的陈家还是希望培养出一位可以入仕的读书人，好光耀门楣。此时一直顺风顺水的陈子昂也经历了人生的第一次挫折，年少轻狂的他，仗着胸中热血，失手伤了人，险些惹上官司，突如其来的变故让一直醉生梦死的他得以静下心来，思考过往近二十年的人生。

彼时的大唐已经初现盛世气象，出生在如此辽阔帝国里的读书人们无一不想着为国建功，渴望在这段伟大的历史中留下自己的名字。

当身边人都跟打了鸡血一般苦读圣贤书、只为长安（今陕西省西安市）赶考、一朝高中的时候，向来对读书科举毫无兴趣的陈子昂也终于弃剑从文，收起那颗想做游侠的心，和绝大多数年轻人一样，走上了科举之路。

清代大儒徐松在《登科记考》中有过这样的记载：终唐之世，贡举进士共二百六十六次，及第进士为六千四百四十二人。换言之，平均每次中进士者不到二十五人。《新唐书·选举志上》也留下了唐文宗的一句话："岁取登第者三十人，苟无其人，不必充其数。"正是因为当权者宁缺毋滥的选士原则，使得唐朝科举录取率在历朝历代中垫底。

读书是童子功，无数从幼年时就钻研圣贤之道的书生尚且考到白头还一无所获，如陈子昂这样十七八岁才从零开始学起的人，在外人看来只不过是纨绔子弟的一次心血来潮。

但很快人们就发现，那个日日在射洪县的街头巷尾饮酒作乐、牵黄擎苍的陈少爷不见了，在长达三年的时间里，陈子昂就像是老僧入定般在书山文海中潜修。旁人矢志勤学才能读通的诗文典籍，他像是被打通了任督二脉一样，只用了三年便通晓了。也正是这短短三年，让陈子昂从一个舞刀弄枪的莽夫，蜕变成满腹经纶的书生。

陈子昂文笔隽永悠长，字里行间有扬雄和司马相如的风骨，读过他文章的人纷纷如此感慨。不过光有才气还远远不足以金榜题名，由关陇集团一手缔造的大唐帝国的每一处角落，都被门阀势力牢牢占据，无名之辈是不可能榜上有名的。投行卷、纳省卷、通榜公荐等做法，不过是权贵们冠冕堂皇地提拔自己人的绿色通道，这是众所周知的秘密，也是大唐官场的游戏规则。

要想榜上有名，才气和名声，缺一不可。蜀中毕竟山高水远，纵然是家财万贯的陈家，骤然被丢到天子脚下，也根本进不了王公贵胄们的朋友圈。

已经拥有足够才气的陈子昂在唐高宗调露元年（679年）正式出蜀，为了混个脸熟，他进入长安国子监学习，并于第二年参加科举，然后不出意外地落榜了。这样的失败还没有结束，两年之后的唐高宗永淳元年（682年），不满二十四岁的陈子昂遭遇了科举的第二次失败。

没必要笑话陈子昂考场连败两次，如果拿另外两个人作对比的话，你就会发现，他的落榜是意料中事：诗王白居易在二十九岁时高中进士，难以抑制心中的狂喜，他登上大雁塔（位于今陕西省西安市），写下了那句著名的"慈恩塔下题名处，十七人中最少年"；百代文宗韩愈虽然在二十五岁进士及第，但在此之前也经历过三连败。

没有名声的才气就像是深藏地窖的美酒。唐睿宗文明元年（684年），风尘仆仆地赶到长安的陈子昂准备第三次参加科考。前两次的失败，让他深刻意识到症结所在，如果没办法让长安城的权贵们记住自己，纵然考三十次，也无济于事。

就在此时，街头一个叫卖胡琴的商贩吸引了陈子昂的注意。一把胡琴要价百万，一时间引得众人围观，却又无一人敢开口应答。而一直苦于无人知晓的陈子昂瞬间想到了提高自己知名度的办法，这位不差钱的少爷眼睛都不眨一下就买下了这把胡琴，并于次日花重金包下了长安宣阳里的豪华酒楼，宴请在场的豪杰勋贵们饮酒赏琴。

众人酒足饭饱之际，陈子昂抚琴长叹道："蜀人陈子昂，有文百轴，不为人知，此乐贱工之乐，岂宜留心！"话音刚落，价值百万的胡琴便被他当场摔毁，趁着在场所有人目瞪口呆之际，他又将昔日所写诗文遍发在场之人。这波营销虽然成本巨大，但收效也远超想象，当天长安城的头版头条，都属于这个来自蜀地的无名之辈——陈子昂。

当才气遇到了足够大的名声时，陈子昂的榜上有名就变成了顺理成章的事情。于是在唐睿宗文明元年，不满二十五岁的陈子昂终于进士及第，半只脚踏入了他梦寐以求的仕途。

即便千辛万苦考上进士，也不过是进入唐朝公务员的人才储备库而已。在科考之后，等待考生的还有一系列专业性更强、难度更大的遴选考试，比如：让韩愈连败四次的博学宏词科、让张继落榜的吏部铨选考试，以及针对特殊人才的幽素科、弟子举等。

但让所有人都没有想到的是，特立独行的陈子昂绕开了所有的考试，以一种旁人想都不敢想的方式，闯入了大唐的官场。

就像是陈子昂在作品《谏政理书》中的独白那样："臣每在山谷，有愿朝廷，常恐没代而不得见也。"从收起心性、决定读书入仕的那一刻起，陈子昂便已经做好了"既孤且直"的准备，他无时无刻不想着报效国家，唯恐自己泯然众人。

对陈子昂来说，做官不为求富贵。若只为富贵，何必出蜀？他想做的是魏征那样的臣子——一个能不畏死地规谏君王的直臣。当为官者内心装下苍生的时候，在当时大唐官场蝇营狗苟、尸位素餐的人看来，他就是一个破坏游戏规则的异类。当陈子昂决定去做第二个魏征的时候，他就已经亲手为自己惨淡的仕途、悲剧的人生埋下伏笔了。

唐高宗弘道元年（683年），大唐失去了一位温和的帝王，随着李治时代的落幕，属于武则天的时代正式到来。唐高宗崩于东都洛阳（今河南省洛阳市），是否要将遗体运回帝都长安，成为满朝文武争论的焦点。

就在武则天默然地看着堂下吵成一团的文武百官时，一篇名为《谏灵驾入京书》的文章映入了她的眼帘，武则天很少夸人，有据可考的被她夸有才华的人是"初唐四杰"之一的骆宾王。但当武则天读完这篇文章后，顿时被其恣意汪洋的文风、引经据典的文采所吸引，"陈子昂"这三个字第一次出现在了她的口中。

那时的陈子昂不过是个徒有功名却无官职的进士而已，当他被武则天亲自召见的时候，那些苦读数年藏于内心的文韬武略，都在一瞬间得到了释放。面对大唐帝国最高掌权人的提问，体弱的陈子昂从立国之本、拓土开疆，讲到君臣和谐、为君之道，言语之间的慷慨气魄让杀伐决断的武则天都为之动容。

据唐代诗人卢藏用的《陈子昂别传》记载，"子昂貌寝寡援，然言王霸大略，君臣之际，甚慷慨焉"。这场会见让陈子昂得到了一个正九品下的小官——麟台正字，具体职责就是校正文字，但这场会见对于陈子昂来说，意义远非如此。

在门阀当道的大唐，自己这样的非世家子弟居然得到了最高统治者的召见与认可，陈子昂的内心一定对武则天感恩戴德。忠臣得遇明主，陈子昂一定想到了数十年前李世民和魏征的君臣组合。从那一刻起，他便决定肝脑涂地，以报君恩。

但陈子昂错了，大错特错。

四

陈子昂所期待的，是李世民、魏征式的君臣和谐，但他却忘了，这千秋万代、四海列国只有一个李世民，他所效忠的君王是武则天，一个宠幸酷吏、善用重典弹压各方的雄主。

对于武则天来说，庙堂就像是一锅乱炖，她是掌勺人厨，她既需要来俊臣这样的酷吏佞臣来巩固统治，也需要狄仁杰这样的睿智贤臣来安邦定国，而像陈子昂这样的孤直纯臣只是一个象征，一个象征她武则天从谏如流、有容人雅量的政治棋子而已。

陈子昂最大的悲哀也在这里，当他发现自己的慷慨陈词得不到君王的任何回应时，当他发现自己的满腔抱负无法施展时，他感受到了入仕后的第一次挫败感。

后世有人曾因陈子昂在武则天称帝前，写了一篇《上大周受命颂表》加入劝进队伍，而诟病陈子昂是一个献媚阿谀之徒，但从陈子昂的各种奏折中就可以看出，陈子昂哪里是谄媚武则天，只不过是因为当时的大唐需要一位雄主，百姓需要一位明君而已。

陈子昂的目光永远精准毒辣，他奉劝武则天广施仁政、废除严刑峻法和人人自危的告密制度、严惩酷吏佞臣、停止迫害李唐宗室，这桩桩件件的进言，就像是一记记耳光，狠狠地抽在了武则天的脸上。

渐渐地，陈子昂的奏折不再得到回复，他就像是一个被遗忘在庙堂角落里的可怜虫，纵然发出声嘶力竭的呐喊，回应他的也只是死一般的沉寂。数年间，身边的同僚一个个都顺风顺水地高升，而陈子昂则艰难地从正九品下的麟台正字，升任为从八品的右拾遗。

对于陈子昂来说，不被升迁事小，但被君王无视却让他难掩悲伤，他一遍又一遍地在诗中宣泄苦楚，却又始终不肯趋炎附势、随波逐流。

既然在庙堂之上无法报效国家，那就随军出战，为国家平定叛乱吧。陈子昂不愿向朝中权贵屈服，从文报国无门后，他主动请缨从军，以羸弱之躯，先后从征西北，讨伐契丹。

有唐一代，表达要为国家建功立业、渴望从军出征的诗人很多，但真正能做到抵达前线、亲历战场厮杀的寥寥无几。一直以身体羸弱的形象出现在历史长河中的陈子昂，却先后两次从军，支撑他克服边关艰难的，无他，唯有一腔热血！

但天真的陈子昂还是错了，此时的李唐江山已经变成武周天下，武则天的侄子们牢牢掌握着国家军政大权，如陈子昂这样的清流直臣和武家子弟这样的纨绔公子，注定是天然的敌人。

武则天万岁通天元年（696年），陈子昂随建安王武攸宜从征契丹，大好战机转瞬即逝，心急如焚的陈子昂提出了相当周密的作战计划，并不顾身体的孱弱，提出了"乞分麾下万人以为前驱"的请求，但均被武攸宜以陈子昂"文人出身，不懂军事"的理由而拒绝。

黄沙漫卷，马革裹尸，武攸宜的刚愎自用换来的是一败涂地，悲愤交加的陈子昂故地重游，登上蓟北楼（故址位于今北京市大兴区），看着这遮天蔽日的黄沙，叹出了只属于他陈子昂的千古孤独——前不见古人，后不见来者，念天地之悠悠，独怆然而涕下。

从这一刻起，陈子昂的心彻底死了。

五

武则天圣历元年（698年），心灰意冷的陈子昂以父老多病为由，辞官归乡，得到了武则天保留官职和俸禄的优待。

就像他在出蜀前写的那首《答洛阳主人》一样，"不然拂衣去，归从海上鸥。宁随当代子，倾侧且沉浮"。倘若胸中抱负难以施展，那还不如拂袖而去，做个海上孤鸥，自在逍遥。

十余年宦海浮沉，亲历多少尔虞我诈之后，年近不惑的陈子昂依然初心未改，和弱冠之年刚刚出蜀时的他一样。归乡的陈子昂为自己剩余的人生做了设想，他决定放下所有的牵绊，在故乡的山林中筑屋，将所有的时间都用于著书立说。既然自己无法改变这个世界，那就让薪火传承，将自己的思想和主张交由后人吧。

可陈子昂忘了一件事——政治迫害向来都是不死不休的。在陈子昂选择离去的时候，长安城里有一双眼睛正死死盯着他渐行渐远的背影。

归乡后的第三年，在权臣武三思的授意下，射洪县县令罗织罪名，将陈子昂打入大牢，本就体弱多病的他在狱中百般受辱，虽有家人多方营救，却最终还是冤死狱中，时年不满四十二岁（《新唐书》的说法是四十三岁）。

陈子昂去世时，盛唐的乐章即将敲响前奏，大唐诗坛的辉煌时刻也已近在眼前。此时的"初唐四杰"已经全部故去，李杜等人还未登上历史舞台，陈子昂就像是初唐与盛唐之间的桥梁，用一己之力推动了诗文革新，完成了后世唐诗从迷恋齐梁颓靡之风到追求风骨的转变。

连欧阳修、宋祁等人在《新唐书·陈子昂传》中都不吝溢美之词："唐兴，文章承徐、庾之风，天下祖尚，子昂始变雅正。"但这一切与陈子昂又有什么关系呢？他已经习惯孤独和不被理解了，这样的人物也不需要别人的认可来证明自己的价值。

陈子昂就这么孤独地走着，从庙堂到边塞，从边塞到江湖，然后对着悠悠的历史长河，叹一句："前不见古人，后不见来者，念天地之悠悠，独怆然而涕下。"

王勃

十六得功名，盛名满京华
自他走后，初唐文坛便落寞三分

唐高宗上元三年（676年）冬，汇聚天下英才的长安城大街小巷里，人人都在口耳相传着一篇骈文——《滕王阁序》（本文对于《滕王阁序》的写作时间参考《唐才子传》的说法）。用"洛阳纸贵"来形容这篇文章的火爆程度绝对不夸张。如果放在当代，它绝对是一篇点击量千万级的刷屏爆文。

世人惊叹于作者对文字的精雕细琢，更感慨于他惊为天人的文采。在那个李白还没诞生的年代里，《滕王阁序》刷新了当时唐朝人对文字之美的想象。此文的横空出世，甚至惊动了唐高宗李治，当他读到文章最后那首四韵诗时，也不禁感慨道："好诗，好诗！作一篇长文，还有如此好诗作出来，岂非强弩之末尚能穿七扎乎！真乃罕世之才！"而当身边人告知这篇文章的作者是王勃，且王勃已逝的消息后，李治默然良久，连呼可惜。

带着最后惊鸿一现的才华，年仅二十七岁（王勃的生卒年有争议，本文采用650年—676年的说法）的王勃如同流星般划破初唐的文学天空，短暂耀目后，又骤然归于沉寂。当世人还在惊叹这位十六得功名、盛名满京华的大才子时，他却以一种狼狈的方式断送了自己的仕途，之后更是匆匆离开人世。

来时轰轰烈烈，去时悄然无声。王勃走后，初唐的文坛一度落寞了三分。

历史长河浩荡，辗转几度春秋。对于诗圣杜甫来说，在他生活的年代里，"初唐四杰"已是数十年前的人事了。即便面对早已绚烂夺目的盛唐诗文，杜甫仍然在诗作《戏为六绝句》中写道："王杨卢骆当时体，轻薄为文哂未休。尔曹身与名俱灭，不废江河万古流。"

百家争鸣的盛唐文坛，越来越多的人对"初唐四杰"的诗文开始多加诘难，但在诗圣杜甫眼中，"初唐四杰"仍然是高高在上的盛唐诗文奠基人物，那些诘难之人不过是欺师灭祖罢了。

在后世某些人看来，作为"初唐四杰"之首的王勃，除了那篇惊艳时光的《滕王阁序》之外，似乎再没别的值得瞩目的作品了。

但这只是王勃的冰山一角而已，如果你真的能穿越回大唐高宗年间的话，你会发现，早期的唐朝文坛是被顶级流量组合"初唐四杰"撑起来的，而王勃则是这个天团中最年轻、被更多人认可的、文采最出众的存在。

在初唐门阀林立的现实下，王勃出身于一个"惟有读书高"的书香门第，祖上虽有做官之人，但终究没能跻身权贵之列。按照当时的官场潜规则来看，如果想在官场中有所作为的话，王勃必须花费相当长的时间才能当上一个无足轻重的末流小官。在那个冰冷的门阀政治时代里，读书考功名显得遥遥无期。

但王勃真的是个例外，他九岁就敢写文驳斥前朝文学大家颜师古注解的《汉书》；十六岁就通过大唐科举考试（幽素科），取得了功名，并得到了人生的第一个官职——朝散郎；不到二十岁就以《宸游东岳颂》《乾元殿颂》这两篇奇文获得唐高宗的召见。

十六岁得功名，这个纪录在历朝历代都属罕见。自身的惊世才华，再加上统治者的青睐有加，不管怎么看，历史都给王勃铺就了一条花团锦簇的康庄大道。如果王勃就这么按部就班一路走下去，庙堂之上一定会留下他的名字。

世事漫随流水，福祸转瞬之间。接下来的王勃，用自己急转直下的人生际遇告诉所有人，福祸相依本是常态，这世间有太多的不确定性，而在人生的十字路口，一旦走错，所要付出的代价，也许要用一生来弥补。

这样的错误，王勃犯了两次，从此无缘庙堂，泯入江湖。

《旧唐书·王勃传》中记载了这样一件耐人寻味的事情。

当早已才名远播的"初唐四杰"进京赴考的时候，有人向吏部侍郎裴行俭推荐四人，素有识人之明的裴行俭则摇着头说了这样一句话："士之致远，先器识而后文艺。勃等虽有文才，而浮躁浅露，岂享爵禄之器耶！杨子沉静，应至令长，余得令终为幸。"

简单翻译过来就是："初唐四杰"中只有杨炯能当个县令，而王勃等人虽有才名，但孤高自傲，绝无仕途。

事实证明，裴行俭的话是对的，即便当时在所有人看来，王勃成为达官显贵已经是板上钉钉的事情了。

无论在什么朝代，才华都是一把双刃剑，能带来无上的荣耀，也能带来无边的灾祸。同在"初唐四杰"之列的卢照邻因为《长安古意》而得罪武三思，被迫下狱；王勃也因为一篇《檄英王鸡》而断送了自己本该一片大好的仕途。

数年的心血努力，在朝夕之间化为乌有。失魂落魄的王勃像是丧家之犬般匆匆逃离长安，他万万想不到，一篇戏作居然成了自己挑拨皇子关系的罪证，他认为自己无端承受了统治者的愤怒，却丝毫没有想过问题的源头其实是在自己身上。

"勃恃才傲物，为同僚所嫉。"这记录在史书中的简单一句，已经道尽了王勃仕途骤断、前途尽毁的原因。

骤逢变故本就让人难以接受，更何况是王勃这般心高气傲、本就生活在花团锦簇中的天之骄子。为了尽快东山再起，他一边游历山川，一边紧紧盯着帝都长安，但凡有一点重回官场的可能，他都想一试。

对王勃这样的人物来说，只要有机会，他就一定能成功。很快，他就等到了第二份任命——虢州参军。虢州（大致包括今三门峡市西部、西南部及附近区域）盛产药材，闲暇时为打发无聊时光而通读医书的王勃在那里过得自在悠游，虽然官位低微，但总算是觅得曙光——至少王勃是这么想的。

接下来发生的事情就显得极为诡异了。

无论是《新唐书》还是《旧唐书》，对于王勃为什么要藏匿获罪官奴，又为什么担心东窗事发而把官奴杀掉，都没有解释，但字里行间似乎都在说王勃是被同僚陷害，才走上杀人道路的。

隔着千载的历史烟尘，我们没有依据为王勃翻这桩旧案，只知道"擅杀官奴"这件事让王勃犯了死罪，后来虽然遇到大赦，侥幸留了一命，却再也没有东山再起的机会了。

对于这时候的王勃来说，惊才绝艳的文采变成了所有人羞辱他的理由，本该扬名立万的人物却背上杀人的罪名，更连累父亲被贬到蛮荒烟瘴之地的交趾（位于今越南社会主义共和国河内市）做官。

和再也无缘仕途相比，连累父亲被贬更让王勃绝望。在孝道至上的古代，王勃成了天下人的笑柄，更成了家族的耻辱，他只能在惶惶不得终日间向父亲一遍一遍地忏悔。在《上百里昌言疏》中，他把自己说成是一个百死莫赎的罪人："今大人上延国谴，远宰边邑。出三江而浮五湖，越东瓯而度南海。嗟乎！此皆勃之罪也。无所逃於天地之间矣。"

那个靠文采震烁诗坛的王勃此刻已经死了，那个想要诗酒年华、建功立业的王勃也在此刻死了。大唐才子的傲气，最终被现实接二连三的打击消磨得所剩无几。

出狱后的王勃，即便是再有机会回到官场，他也如躲避瘟神般选择远遁江湖，把自己的身心都交给江湖。从唐高宗上元二年（675 年）的秋天开始，王勃从洛阳出发，顺着运河一路南下，辗转于淮阴（今江苏省淮安市淮阴区）、楚州（今江苏省淮安市淮安区）、江宁（今江苏省南京市江宁区）之间，最后向着交趾行进。

碧海青天之间，王勃的内心再也没有功名利禄的纷扰，他只想再见父亲一面，当面表达自己的歉意。舟车劳顿的他终于在交趾看到了困顿潦倒的父亲王福畤，父子久别重逢的喜悦冲淡了王勃内心的歉疚。

人生行到此处，也该再换一种活法。逗留几日后，王勃还是决定辞别父亲，北归长安。

读完有关王勃的史料后，我总是在想，如果王勃平安回到北方的话，他会不会再投入官场？或者他会不会像后来的孟浩然一样，从此专注于诗文创作，成为一代文宗泰斗呢？历史并没有给王勃这个机会，我们也无从知道如果王勃能活下去，会给大唐继续贡献多少流传千古的诗篇。

时值盛夏，风高浪急。踏上归程的王勃在行船颠簸之间落水，虽然被救上岸，却终因惊悸而死，年仅二十七岁。这样的死法似乎并不符合王勃才子诗人的身份，但如果细细读过王勃的人生，我们一定会明白——他的惊惧里不只有溺水的恐慌，还有对人生的无助、对政治的畏惧。一切恐惧都积蓄在内心，溺水是压垮王勃的最后一根稻草。

王勃走得很突然，以至于大家还沉浸在《滕王阁序》的文学之美中无法自拔时，这篇文章的作者就已匆匆退场。

"阁中帝子今何在，槛外长江空自流。"我想，王勃的告别词已在《滕王阁序》中写好了。

肉体终会毁灭，但王勃的灵魂一定会像《滕王阁序》，亘古长存；会像滕王阁外的悠悠江水，奔腾不息。

卢照邻

曾名动京华，终自投颍水
半生病魔缠身，却写下最美情诗

大抵是唐高宗执政后期，蜀地传出一则风月故事。

游历至蜀的诗坛大V骆宾王为了替一名姓郭的酒肆歌女出气，亲自下场撰文，手撕与他齐名的诗人卢照邻，一首《艳情代郭氏答卢照邻》让卢照邻成为桃色新闻的男主角，成了当时人们茶余饭后的谈资。

奇怪的是，同样作为"初唐四杰"之一、同样才华横溢的卢照邻对此并没有作出任何回应，任凭悠悠众口积毁销骨。

很多人都诧异于骆宾王的爆料，毕竟卢照邻写出了那句旷古烁今的最美情诗之一："得成比目何辞死，只羡鸳鸯不羡仙。"能写出如此佳句的人，难道真的是一个抛弃挚爱、漠视感情的渣男吗？

但如果你有幸重回大唐，来到卢照邻的身边，或许以上诧异就会得到答案。彼时的卢照邻已然重病缠身，不仅面目全非，而且已到了半身不遂的地步。

仕途的失意和病痛的折磨，让原本出身名门的卢照邻倍感挫败和痛苦，终于在唐睿宗垂拱元年（685年。卢照邻的生卒年有争议，本文采用636年—685年的说法），挑了一个四野无人、群星璀璨的夜晚，翻下躺了十数年的病床，艰难却坚定地爬向了附近的颍水（即今天的颍河）。缺月挂疏桐，冰凉的颍水缓缓地将卢照邻吞没，这位被病痛折磨半生的大才子也成了大唐诗坛的绝唱。

李唐立国伊始，诗文还流于前朝萎靡浮华的风格，唐朝文人们开始了艰难的革故鼎新。如今的人们再提起唐朝诗文大家，多半说的是李白、杜甫、白居易、元稹这样的人物，但在这些人之前，唐初也不缺才华横溢的诗人。

这些唐初的诗人们更像是创业者，为后来的唐诗盛世打下了坚不可摧的基础，而在唐初诗人中名声最大的，莫过于"初唐四杰"：王勃、杨炯、卢照邻、骆宾王。让人玩味的是，在"初唐四杰"中排名第二的杨炯说过一句"愧在卢前，耻居王后"。和王勃相比，卢照邻的知名度小多了。可"文人相轻"的杨炯为什么偏要褒卢贬王呢？从史书典籍中抽丝剥茧，勾勒出卢照邻的一生际遇，你会发现，他无愧于杨炯的评价。

"自古幽燕无双地，天下范阳第一州。"千年之后，乾隆皇帝的这句诗道出了卢照邻的家世。在门阀势力能轻易左右李唐朝局的时候，卢照邻出生于当时诸族之首的簪缨礼乐世家——范阳卢氏。

在唐朝早期，出生世家就等于躺赢人生，寻常子弟穷极一生才可能到达的高度，也许只是世家公子的人生起点而已。更让寻常子弟绝望的是，卢照邻这位世家公子还才华横溢、天资过人。

面对那些比你起点高、比你还聪明、比你还努力的人，你还怎么玩儿？我想卢照邻在当时，应该是很多读书人的噩梦吧。

自幼得到名师指点的卢照邻初登仕途，便成为达官显贵的座上客。唐高宗李治的叔叔、邓王李元裕惊叹于卢照邻的惊世才华，曾向宾朋感慨道："此吾之相如也。"话中已将卢照邻比作西汉文学大家司马相如了。

世家才子遇到皇家伯乐，前程似锦的仕途仿佛已经铺就了。博闻强记的卢照邻一边遍读邓王珍藏的典籍，一边静静等待人生剧本的推进。

唐高宗龙朔三年（663年），才华横溢的卢照邻升任益州新都尉，并在此其间邂逅了一生所爱的郭氏女。蜀地物华天宝、人杰地灵，不仅孕育出无数名震华夏的文学大家，也滋养出无数让人神往的痴情故事。

春雨润物无声，情丝缠绵悱恻，当世才子遇到一见倾心的红颜知己，两人山盟海誓，许诺白首不离。"锦里开芳宴，兰缸艳早年。缛彩遥分地，繁光远缀天。接汉疑星落，依楼似月悬。别有千金笑，来映九枝前。"被爱情眷顾的卢照邻写下了这首《十五夜观灯》，那个他倾慕的女子就这样立在灯火明暗之间，摇曳的火光照亮了姑娘皎然如月的面庞。

当心中有所爱的时候，男人往往希望自己有更强大的力量，可以护爱人一世周全。不再满足于此刻境遇的卢照邻忍痛与心爱的郭氏女分别，前往长安参加典选，以期一朝榜上有名，成就史书上浓墨重彩的一笔。

有唐一代被眷顾的诗人太少，前半生的卢照邻已然胜过了许多人，但他的好运也到此为止了。从离开蜀地、前往长安的那一刻起，厄运已然笼罩于卢照邻的头顶之上。

离开蜀地后，卢照邻寓居洛阳，虽然辗转于两京之间，却再也没有机会重返官场。而此时的庙堂格局也发生了翻天覆地的变化：武则天全面掌控朝局，李唐江山岌岌可危，武氏亲信的权势如日中天。

正如裴行俭评价"初唐四杰"时说的那样，政治敏感度太低的卢照邻在"差之分毫，便遭横祸"的政局中毫不自知。感喟于帝都繁华、人物风流，也感怀于自己怀才不遇、难抒抱负的他写下了那首惊艳了历史的《长安古意》。"得成比目何辞死，只羡鸳鸯不羡仙"，如此精妙的爱情诗句便出自此诗，我想卢照邻写下这句话的时候，一定在想念蜀地的春雨，在想念那个灯火阑珊处的姑娘。

《长安古意》是卢照邻满腹才情的外化，足可以与骆宾王名满京华的《帝京篇》相提并论，但也正是这首诗中的"梁家画阁中天起，汉帝金茎云外直"一句，让心虚的权贵武三思震怒。突然而至的牢狱之灾，打碎了虽谈不上春风得意但还算平静的生活，卢照邻的人生从此急转直下。

毕竟是天下闻名的大才，毕竟是出生世家的公子，卢氏累世积攒的人脉还是在关键时刻发挥了作用，虽然几经波折，但总算把卢照邻救出来了。从未经受过大灾的卢照邻在狱中受惊，出狱后没多久便患上了风疾（有猜测为麻风病），这种即便是现代医学都觉得棘手的疾病，如跗骨之蛆般侵入卢照邻的身体，久治而不愈。

和牢狱之灾相比，风疾的折磨更令人绝望。一个因才情高傲于世间的人，是没有办法接受自己清醒地感受着一切渐渐消失却无能为力的过程的。

先是面目全非，他再也不是那个和郭氏女私订终身的青年才俊了；而后是半身不遂，他再也不是那个能领略山川、品鉴画阁的文人骚客了；最后是一只手萎缩……这个高傲不屈的灵魂，最终被残破不堪的肉体死死锁住了。

卢照邻的文风也因此骤然一变，他不再寻求仕途，也不再寄情山水，更不再意气风发，他只剩下一个想法——活下去，像个人一样活下去。

但是太难了！

他的病，连药王孙思邈都无能为力，这世上再也没有人能救他了。

为了避开世人，他搬入具茨山（位于今河南省中部），买下数十亩田地，引颍水环绕住宅，更事先为自己筑墓，在他心中燃烧的希望之火，越来越微弱了。也许换成寻常的贩夫走卒，好死不如赖活着，但卢照邻不一样，这样的活法，毋宁死。

又是一场缠绵悱恻的雨，雨点落在山中飘零的黄叶上，发出沙沙声响。被病魔折磨得不成人形的卢照邻就这么静静地躺在床上，听着温柔的雨声，思绪飞回川蜀大地。

"忽忆扬州扬子津，遥思蜀道蜀桥人。"

所有的爱意终成回首，这样的卢照邻已经没办法回到蜀地，更没办法给心爱的郭氏一个未来了，他只能将自己的思念藏在诗文里，在千里之外遥祝爱人安康。

"得成比目何辞死，只羡鸳鸯不羡仙。"

他的爱情，也只能由后世的痴男怨女来延续。

一身孤勇难为，满腹壮志难酬，卢照邻纵笔写下《五悲文》，然后和亲人一一告别，也跟这个给过他荣耀、也给过他失望的大唐告别。

月明星稀，万籁俱寂。卢照邻用唯一能活动的手，艰难地拖拽着自己，爬向不远处的颍水。月光如银，铺展在水面上，有夜鹭被声响惊起，向着黑夜更深处飞去。在迷蒙的薄雾间，卢照邻最后回首看了一眼旧屋，最后回顾了一遍一生，然后投入颍水之中。

水波荡漾，片刻而止。

世界仿佛什么都没有发生过。

但世界比谁都清楚，卢照邻走了。

大唐再也没有卢照邻。

杨炯

他是"初唐四杰"的唯一善终者
也喊出了诗人志在从军的最强音

武则天如意元年（692 年）冬，未来的开元名相张说在大雪纷飞的洛阳城送别去盈川（今四川省宜宾市筠连县）赴任的好友杨炯。彼时的张说才二十五岁，是大唐帝国当之无愧的青年翘楚，他灿烂辉煌的政治生涯才刚刚开始。而那时的杨炯已经四十三岁，距他离开人世，只剩下一年光景，盈川县令这个七品官的调任，是他人生最后的升迁。

作为大唐诗坛最初的偶像天团——"初唐四杰"的成员之一，和其他三位相比，郁郁不得志的杨炯似乎又显得幸运很多。

在杨炯赴任盈川县令的如意元年，"初唐四杰"的其余三人早已归尘归土：写出《滕王阁序》的王勃早在十几年前的北还途中落水，惊悸而死；写出《咏鹅》的骆宾王在八年前讨武运动失败后神隐人间，或死或匿，不知所终；写出"得成比目何辞死，只羡鸳鸯不羡仙"的卢照邻也因身染绝症，最终自投于冰冷的颍水之中。

曾开启唐诗繁荣序章的四人组，就像是争相印证"天妒英才"这四个字一般，在历史长河里呼啸而来，匆匆而去，留给后世无限唏嘘。

当后来人再提起"初唐四杰"时，其余三人的事迹或作品总能被说出一二，但对于杨炯，我们仿佛除了"初唐四杰之一"这个头衔外，无话可说。但我们需要知道的是，作为"初唐四杰"中的唯一善终者，即便一生困顿，杨炯也为大唐诗人做了证言："宁为百夫长，胜作一书生。"

"初唐四杰"通常被称为"王杨卢骆"。面对这样的排名次序，杨炯说自己"耻居王后，愧在卢前"，这应是历史上有据可查的第一桩因为排名次序引发的舌战。

前尘种种到底如何，已经无从知晓，唯一能查到的，是听闻此事的张说作出了这样的评价："杨盈川文思如悬河注水，酌之不竭，既优于卢，亦不减王，'耻居王后'信然，'愧在卢前'谦也。"

张说盛赞杨炯的才思如江河滔滔，连绵不绝，其文学造诣优于卢照邻，也丝毫不逊色于王勃。这段话的潜台词就是：在张说心里，杨炯才是"初唐四杰"的第一门面担当。

不要小看张说这句话的分量，因为张说的身份很高，既是开元名相，又是士林领袖，而从他对杨炯如此推崇备至的态度来看，当时杨炯的名气应该丝毫不逊色于其余三人，绝不会是如今几乎被人遗忘的清冷。

其实纵然没有张说的评价，杨炯也算得上是浩如烟海的唐朝诗人中难以被忽视的人物。杨炯注定不平凡，他来自赫赫有名的弘农杨氏，是常山郡公杨初的曾孙，只不过显赫的出身并没有给少年杨炯带来任何优待，因为家族传承到他这一代时，已经泯然众人了。

在还由氏族门阀垄断上升渠道的大唐，已经沦为寒门子弟的杨炯似乎注定一生难有大作为，但让所有人意想不到的是，杨炯的崛起速度很快，快到他还是个十岁孩童的时候，就半只脚踏入了大唐政坛。

唐高宗显庆四年（659 年），年仅十岁的杨炯应弟子举及第，并于第二年进入弘文馆，成为当时声名大噪的神童，风头一时无两。这样的成就，即便是翻阅有唐一代所有数得上的诗人，也无人能出杨炯之右。我想当时如果有人说日后的杨炯只不过是泯然众人的草芥小官，应该没有一个人会相信。但从待诏弘文馆开始，杨炯的人生便渐渐黯淡了下去。

也许是超出常人太多的缘故，偌大的唐帝国也不知道该用什么样的官职来对待这位神童；而对于当时年仅十一岁的杨炯来说，入朝为官也太过遥远。于是从唐高宗显庆五年（660 年）起，到唐高宗上元三年（676 年）之间的十六年里，杨炯一直守着"予出身"的身份和待遇，在弘文馆赋闲了十六年。

十六年的岁月蹉跎，让杨炯的神童之名渐渐被人所遗忘，本该是最灿烂的人生阶段，却不得不时光虚度。随着年岁渐长，杨炯想要有所作为的内心开始躁动，身处帝国心脏的他，每日都目睹着云端之上的生活，看着文臣武将你方唱罢我登场，想象着庙堂之上的风云际会，潜藏在内心最深处的报国热情终于喷涌而出。

杨炯将渴望建功立业却怀才不遇的苦闷，都写在他的诗词里。

他在《青苔赋》中说："苔之为物也贱，苔之为德也深。夫其为让也，每违燥而居湿；其为谦也，常背阳而即阴。重扃秘宇兮不以为显，幽山穷水兮不以为沉。有达人卷舒之意，君子行藏之心。"

借着歌颂青苔的谦和与无争，杨炯暗喻自己在这默默无闻的十六年里，就像是处于深山中的青苔一样，不被人所知。

而在另一篇作品《幽兰赋》中，杨炯报国无门、聊以自慰的心意更加明显，他说："虽处幽林与穷谷，不以无人而不芳。"意即：虽身处无人问津的隐秘之处，也从未放弃高洁的品格和崇高的追求。

《青苔赋》和《幽兰赋》是杨炯十六年蛰伏期间少有的牢骚之言，即便是已经郁闷到了极点，杨炯发起牢骚来依然轻描淡写。他没有王勃的旁征博引，也没有卢照邻的借古讽今，更没有骆宾王的锋芒毕露，而这大概也是杨炯有别于其余三人、能得以善终的原因。

一直等到上元三年，迟迟等不到任命的杨炯终于按捺不住急切的心情，选择再次进入考场。和十六年前一样，这一次，杨炯又毫无悬念地通过了让无数读书人考到白头的科考。

搁浅了十六年的入仕梦，终于在杨炯二十七岁的时候实现了，此时的杨炯意气风发，因为即便是原地踏步了十六年，杨炯还是轻而易举地超越了绝大多数人。但被授予秘书省校书郎的他并不开心，因为他的起点太高，如今却只混得一个"雠校典籍"的九品小官，这让这位曾经的天才少年、如今的有志青年如何能坦然受之？

任职秘书省校书郎的五年里，杨炯基本就是个"官场小透明"，只能一边默默地做着无聊的校对工作，一边继续积蓄着内心的豪情壮志，以待时变。这一次，命运没有让他等太久，仅仅是五年后的唐高宗永隆二年（681年），明珠蒙尘的杨炯终于在伯乐薛元超的引荐下，升任崇文馆学士，并于次年成为太子詹事司直，掌太子东宫庶务。

成为当朝太子的内臣，无论是在什么朝代，都意味着名利富贵指日可待。但遗憾的是，杨炯所侍奉的太子叫李显，而李显有位前无古人、后无来者的母亲——武则天。

就在杨炯成为太子詹事司直后的第二年，大唐送别了宽仁的君主唐高宗李治，时任太子的李显虽然得以顺利即位，但在位仅仅五十五天后，就被强势的母亲罢黜皇位，贬出长安。

突如其来的变故，让原本对仕途充满信心的杨炯再度坠入深渊，而等待他的打击还远没有结束。随着李显被废、武则天彻底掌控政权，大唐的政治斗争进入了白热化阶段，那场让骆宾王写出旷世奇文——《为徐敬业讨武曌檄》的造反运动开始了。

这场造反虽然声势浩大，但从开始到结束，前后不到半年，其失败的结果除了让骆宾王下落不明之外，也牵连到了杨炯，因为伯父杨德干一家也参与了讨武运动。

受株连的杨炯被贬到梓州（今四川省绵阳市三台县），从前途一片光明的帝都才俊，沦落为谪居荒州的戴罪之人。在人生骤变的打击之下，曾经恃才傲物、敢于鄙视一切阿谀奉承之辈的杨炯变了。

贬谪梓州的四年里，杨炯愈发谨小慎微，即便四年后戴罪期满回到长安，杨炯也彻底失去了他的锋芒。回到长安时，李唐的江山早已改换门庭，登基称帝、改号大周的武则天满意地看着匍匐在她脚下的臣子们，听着来自杨炯等人呈上来的歌功颂德的文章，一切都美好得恍然如梦。

随着一篇《盂兰盆赋》的诞生，杨炯彻底背上了谄媚之徒的骂名。文采斐然的他盛赞武则天"周命维新"，甚至称呼武则天为"圣神皇帝"。这些话在当时的情况下，肯定是"政治正确"的，但随着李显重登皇位，《盂兰盆赋》又变成了世人攻击杨炯为人不堪的把柄。

不过无论人们如何评说，《盂兰盆赋》还是给杨炯赢得了一次晋升的机会。就在那年冬天，杨炯收到了赴任盈川的调令。离开洛阳的那天，大雪纷飞，好友张说特意写了一篇《赠别杨盈川箴》勉励杨炯。

时过境迁，关于那次人生最后的升迁，杨炯没有留下过只言片语来表达心境，数十年间的起起落落，早已让他学会了沉默。

历史留给杨炯最后的记载，是两个截然相反的说法。《旧唐书》中说杨炯"至官，为政残酷，人吏动不如意，辄榜挞之"；而另一种说法则是杨炯爱民如子，至今当地还保留着杨公祠。无论世人对他作何评价，我想如果杨炯泉下有知，对此只会一笑了之吧。

从唐高宗显庆四年那个初入长安、懵懂无知的孩童，到武则天如意元年那个一身沧桑、碌碌无为的小官，所有人曾惊羡那个不世出的天才神童，也为他一生难有作为而感到惋惜，但却从来没有人问过杨炯想要的生活到底是什么——其实杨炯早就说过了。

在大约三十岁的时候，杨炯写下了《从军行》。从未去过战场、大半生困在长安城里的他说："宁为百夫长，胜作一书生。"

骆宾王

那个咏鹅的神童
用一生的时间
践行了屠龙的梦想

唐中宗景龙年间，被贬至越州（今浙江省绍兴市）的诗人宋之问，趁闲暇之余，游历附近的名山大川，其间曾到杭州灵隐寺，对着空蒙山色诗兴大发，为后世贡献了名篇《灵隐寺》。

如果论及诗作《灵隐寺》中哪一句最对仗工整、意蕴深远，毫无疑问是那句"楼观沧海日，门听浙江潮"。但不知是不是因为宋之问人品太差，以致后世人不愿将如此妙句记在他的名下，才闹出了一段无从查证的诗家逸事。

相传当时宋之问在灵隐寺中遇到一位老僧，"楼观沧海日，门听浙江潮"这两句诗正是那位老僧随口所赠，也正是这两句诗，让苦思冥想、不得妙句的宋之问茅塞顿开，这才有了完整的《灵隐寺》。而等第二日宋之问想要再寻老僧时，那位神秘老僧早已不知何往。

回过神来的宋之问在多番询问之下才发现，那个三言两语就让他顿悟的老僧不是别人，正是"初唐四杰"之一的骆宾王。按照正史的记载，此时的骆宾王应该已经去世二十多年，但也有人说当年造反失败后，骆宾王侥幸逃出生天，从此云隐为僧，匿迹于江湖，不知所终。

无论是哪一种说法，或许都符合骆宾王想要的结局——前者成全了骆宾王的"舍身取义，杀身成仁"，后者实现了骆宾王的"摆脱桎梏，回归自由"。这位七岁时写出《咏鹅》的天才，用一生的时间，践行了屠龙的梦想，成为"初唐四杰"中结局最悲壮的那位。

南宋诗人魏庆之在他的作品《诗人玉屑》中，给了骆宾王极高的评价："骆宾王为诗，格高指远，若在天上物外，神仙会集，云行鹤驾，想见飘然之状。"骆宾王是配得上这段评价的，因为早在七岁时，他就写出了震撼整个大唐诗坛的爆文——《咏鹅》。

《咏鹅》直到今天，都是很多人会背诵的第一首唐诗，我们可以想见，一千多年前那个七岁的孩童在众人面前作出这首诗时有多轰动了。一出道，就是寻常人一辈子也到不了的巅峰，这让出身寒门的骆宾王被不少大人物施以青眼。

史书对于骆宾王的童年少有记述，我们只能从只言片语中知道他出生于一个小官僚家庭，官至县令的父亲也未能庇护他太久。因为父亲死于任上，本就勉强度日的家庭彻底陷入绝望，骆宾王自此过上了落拓流浪的困顿生活。而当他再度回到众人视野里时，已经是道王李元庆的府属文人了。

都说"仓廪实而知礼节，衣食足而知荣辱"，虽然只是获得了一份临时工的工作，但能找到一个栖身之所，对于四处流浪、居无定所的骆宾王来说，已感万幸。

但出人意料的是，当道王李元庆让其自述才华的时候，骆宾王却因不愿炫耀而毫不犹豫地拒绝了，他在《自叙状》中这样写道："若乃脂韦其迹，乾没其心；说己之长，言身之善；腼容冒进，贪禄要君；上以紊国家之大猷，下以渎狷介之高节；此凶人以为耻，况吉士之为荣乎？"

简单来说就是：承蒙您看得起，但我不喜欢自吹自擂，这不符合我做人的准则，告辞。

写一份自卖自夸的个人简介，对于才华横溢的骆宾王来说，易如反掌，但清高的他宁愿再度流落江湖，也不肯以文采取悦权贵，这也隐隐为其后续人生奠定了基调。

毕竟这样"不懂事"的刺头，无论给他多少次机会，也注定无法在尔虞我诈的官场上久留，但将"位卑未敢忘忧国"这七个字刻在骨髓中的骆宾王，注定要借助庙堂来实现自己的抱负，于是他的人生悲剧开始了。

和当时绝大多数读书人考到白头、以求功名不一样的是，二十一岁那年参加科举失败后的骆宾王，并没有执着于科考，而是开始了长期的边打工边看世界的快意人生。炒掉第一任老板、道王李元庆后不久，运气爆表的骆宾王迎来了第二次就业机会。

唐高宗麟德二年（665 年）十月，唐高宗李治完成了古代帝王的最高梦想——泰山封禅。随之而来的，是来自全国各地的贺文与颂章，应接不暇的李治从文章堆里，一眼相中了一篇名为《为齐州父老请陪封禅表》的贺文，而作者正是失业在家的骆宾王。

被最高统治者青眼相加的结果，不言而喻。很快，骆宾王被封为奉礼郎，任东台详正学士。虽然只是一个负责仪礼校正的小官，但在唐高宗时期，门下省被称为"东台"，我想一直想要为黎民发声的骆宾王在那一刻，一定是欣喜的，毕竟他曾以长诗《帝京篇》表达过自己的心志。

《帝京篇》横空出世时，每个读过它的人都为之震撼。这篇被后世誉为唐代歌行体诗代表作之一的《帝京篇》，采用五言和七言交织出现的表现形式，从长安的繁华写到王公贵胄的纸醉金迷，再写到百姓的悠游惬意，最后所有的繁华喧闹戛然而止——骆宾王为以自己为代表的底层知识分子怀才不遇、报国无门的苦闷失意而发声。

能得到唐高宗的赏识，骆宾王一定对李唐充满了感恩，在政治上纯粹又幼稚的他，接下来走的每一步都展现出了传统社会知识分子的风骨，但也因此招来了祸事。

诡异的事情在史书的字里行间忽隐忽现。骆宾王的安稳日子并没有持续很长时间，任奉礼郎不久，他骤然遭贬。为了继续为国效力，不甘沦入江湖的骆宾王转而投军，冲向了大唐帝国最需要人才也最艰苦的边疆。

从长安到西域，再到川蜀，骆宾王这位典型的文人活成了大唐诗坛少有的几个真正有长期从军经历的硬茬。刀口舔血、生死旦夕的军旅生涯，并没有抹去骆宾王身上的傲气和纯粹，反而让他笔下的文字添了十分的凌厉。

三

唐高宗仪凤三年（678年），从前线归来的骆宾王先后转任武功主簿和长安主簿，最后再度调入朝廷，任侍御史。这是个贬谪率极高的官职，赤子之心不减的骆宾王，以赌上身家性命的方式，一遍遍上奏，一遍遍觐见，一遍遍规谏帝王的得失。

此时的李唐江山已经岌岌可危，身染重病的唐高宗李治已经难理朝政，而精力充沛又雄心勃勃的武则天也已经基本控制了朝局，她不喜欢这个不断上书针砭时弊的骆宾王，直接将其打入大狱，若不是巧逢大赦，骆宾王这一身傲骨，只怕就沉沦在那无间炼狱中了。

如果有人问：赌上锦绣前途和身家性命，骆宾王就真的没有后悔过吗？

骆宾王的回答，已经写在他那首《在狱咏蝉》里了："无人信高洁，谁来表予心？"既表达了自己对高洁品格的坚守，也表达了无人了解自己的孤寂。骆宾王通篇都没有低头求饶，他把自己比作那超凡出尘、不因外界环境而改变自己的蝉，即便深陷囹圄，也绝不屈服。

唐高宗调露二年（680年），本就斗争激烈的朝局骤生剧变：高宗李治的病情转危，而负责监国的太子李贤被亲生母亲武则天以"意图谋反"的罪名贬为庶人，幽禁长安，武则天的权势在此消彼长中进一步得到了巩固。

同样是在这一年，被贬为临海县丞的骆宾王到任后不久，弃官而去，纵然一贫如洗，也不愿在武则天的朝堂中为官。满怀报国之心的骆宾王，写下了那首《咏怀》来明志，其中的"宝剑思存楚，金椎许报韩"更是直接表达了他对李唐江山的担忧和愿意身赴国难的壮志。

短短三年以后的唐中宗嗣圣元年（684年），没有了唐高宗李治压制的武则天，不再做任何掩饰，开始向所有人展现出自己的勃勃雄心。她先是废了唐中宗李显，继而立了傀儡皇帝——唐睿宗李旦，自己则临朝称制，大权独揽。

就在武则天以为自己坐稳朝堂的时候，一篇名为《为徐敬业讨武曌檄》的檄文，随着英国公徐敬业在扬州（今江苏省扬州市）起兵而传遍了整个大唐。这篇雄文以笔为刀，发出后响应声不绝，一时之间让徐敬业声势大振，朝局为之震动。连向来目空一切的武则天读后都询问作者是谁，当得知是骆宾王后，她感慨道："有如此才不用，宰相过也。"

再好的檄文，也弥补不了战略上的失误，藏有私心的徐敬业贪图金陵（今江苏省南京市）的王气，放弃了直攻洛阳的机会，于是这场声势浩大的反武联军，被武则天以不到半年的时间迅速平定，以《为徐敬业讨武曌檄》名震天下的骆宾王，也随着平叛的结束而不知所终。

就像开头写的那样，有人说骆宾王死于兵祸之中，也有人说骆宾王远遁江湖，更有人以宋之问在灵隐寺遇到骆宾王的逸事，来为这位大文豪的人生画上句号。

但于骆宾王而言，只要能为国尽忠，以什么样的方式离开这个世界，已经不重要了。

王之涣

被正史遗忘
却活成盛唐歌坛的顶级流量
一生六首诗足矣

唐玄宗开元年间，唐帝国的东都洛阳迎来了一场雪。天寒霜冻，平日里熙熙攘攘的道路上少见人迹。在一派清冷中，官舍酒肆却人声鼎沸。飞雪漫天，美酒入喉，盛唐人的缱绻浪漫被瞬间激发出来。

隔着透光的帘幕，四位妙龄歌姬婀娜登台，在座的一众看客就着寒天微雪，品着美酒佳肴，听这些妙人们吟唱起盛唐文豪们的诗文。谁也没有注意到，就在不显眼的角落里，三个喝到微醺的男人暗暗较起劲来。

"我们既然都是诗人，不妨来赌一把，看看歌姬们唱谁的诗文最多，以此来分出高下。"说话的人，正是被后世誉为"七绝圣手"的王昌龄，而另外两个人也是诗名满盛唐的诗人——高适和王之涣。

酒到浓处，情向浅出。高适和王之涣的豪情被瞬间点燃，连忙点头同意，然后这三位诗人便静静地听着歌姬吟唱。

"寒雨连江夜入吴……一片冰心在玉壶。"第一位歌姬唱出了王昌龄的《芙蓉楼送辛渐》，王昌龄在墙壁上为自己记了一笔。

"开箧泪沾臆……空留无远近。"第二位歌姬唱出了高适的《哭单父梁九少府》，高适也在墙壁上画了一下。

"奉帚平明金殿开……犹带昭阳日影来。"第三位歌姬唱出了王昌龄的《长信秋词》，王昌龄身旁的墙壁上，一笔变两笔。

三曲已尽，高适和王昌龄一脸坏笑地看着尴尬的王之涣。名声不遑多让的王之涣指着最后一位歌姬说："前三位都只是庸脂俗粉，只会唱些下里巴人的诗文，我的诗乃阳春白雪，也只有这第四位妙人才配唱出来。"

风雪暂歇，在温暖的官舍中，第四位歌姬温柔缠绵的歌声响起："黄河远上白云间，一片孤城万仞山。羌笛何须怨杨柳，春风不度玉门关。"一曲《凉州词》惊艳四座，王之涣拍案大笑，尽饮杯中美酒。

这就是"旗亭画壁"的故事。

这是盛唐开元年间的一个平凡冬日，却因为"四大边塞诗人得其三"而被历史铭记。"旗亭画壁"是大唐边塞诗派文学沙龙的一件逸事，不过当时二十出头的岑参名声还未显露，所以王昌龄、高适和王之涣三人代表了当时边塞诗派的最高成就。

千载光阴流转，几度物换星移。如今我们再提起王昌龄时，会称赞他为"诗家天子"（也有说法是"诗家夫子"）和"七绝圣手"；提起高适时，会称赞他为"诗人之达者，唯适而已"；那王之涣呢？

我们只知道他的《凉州词》，只知道他的《登鹳雀楼》，其余的呢？这位大诗人流传后世的诗文仅存六首，而他本人甚至没能在正史中留下只言片语。

可如果你认为王之涣在当时也是寂寂无名的话，那就大错特错了。这位被正史遗忘的大诗人，一直是盛唐歌坛的顶级流量，他的每一首诗都被改编为人人传唱的歌曲。即使经过千载时光的涤荡，只留下六首诗，那又如何？张若虚还能凭《春江花月夜》孤篇压全唐，而王之涣告诉我们，一生只留六首诗，足矣！

出生于朝气蓬勃的初唐，卒于烈火烹油的盛唐，这对于唐朝人来说，无疑是幸运的。盛唐气象，即便隔着千载光阴，都能从史书的字里行间氤氲而出，让后世为之震撼、为之动容。

生于武则天垂拱四年（688 年）的王之涣，出身赫赫有名的太原王氏，祖上虽未拜相封侯，却也是世代为宦的书香门第。不过家学渊博深厚的王之涣仕途并不顺畅，一生囿于末流小官的他，虽然为官期间留下不少让人拍案叫绝的事迹，但比起那些被史家大书特书的诗人们来说，实在是太寒薄了。

和大部分唐朝读书人不一样的是，博闻强识的王之涣并没有走科举之路。直到三十五岁左右才得以调补冀州衡水主簿，这是他的第一份工作。在官场上人人狂热于建功立业的盛唐，安贫乐道的王之涣领着微薄的薪俸，守着本心的纯净。

没人知道王之涣为什么不走科举之路，但从他担任冀州衡水主簿不到一年就辞官归隐的经历来看，他一定是个不与世俗同流合污的人。短暂的官宦生活让他见识了官场的尔虞我诈，在受人诬陷后立刻激流勇退，走出了另一番人生。

不要因没有功名而轻薄王之涣的才华，因为彼时的他已经凭借自己的诗文而成为大唐歌坛的顶级词作者，但凡有乐坊之处，便有王之涣的诗文，这是等闲诗家达不到的成就。

二

自古以来，才子配佳人方为佳话。早在开元十年（722年），未有功名傍身的王之涣就因文采而得到衡水县令的青睐。该是何等的魅力，才能让衡水县令不顾王之涣已有婚配，坚持要将女儿嫁给他。

婚后，小夫妻郎情妾意，琴瑟和鸣。爱情没有消磨王之涣的意志，反而催生出他内心的豪气。不愿在官场中蝇营狗苟的王之涣于开元十四年（726年）辞官归隐，妻子李氏也甘于清贫，陪他在粗茶淡饭中一天天地过下去。

许是有了妻子的不离不弃，又或许因为是天生的乐天派，从开元十五年（727年）到开元二十九年（741年），王之涣云游四方，吟风弄月。他也许并未亲身到过边塞，但他自由的灵魂一定飞到了帝国的边境，细细看过边塞的一草一木，然后写出一首首脍炙人口的诗文。

"黄河远上白云间，一片孤城万仞山。羌笛何须怨杨柳，春风不度玉门关。"

诗圣杜甫的《登高》被赞为"古今七律第一"，但王之涣的《凉州词》也享有"唐代七绝压卷之作"的美誉。后世评论大家们都认为《凉州词》是盛唐边塞诗的绝品，虽然极言边塞生活的艰难，但却哀而不伤，尽显盛唐才有的胸怀与气魄。在那个歌舞升平的时代，《凉州词》是全民传唱的诗歌，王之涣的名字也因为《凉州词》而得以被每一个人铭记。

如果说《凉州词》成就了王之涣的青史留名，那么《登鹳雀楼》则是王之涣成就了鹳雀楼（位于今山西省永济市蒲州古城西郊外的黄河岸畔）的名垂千古。

大约在武则天长安四年（704年），王之涣来到枕江摩天的鹳雀楼，极目远眺，只见夕阳渐渐沉入远山，大江奔腾浩荡而去。

"白日依山尽，黄河入海流。欲穷千里目，更上一层楼。"

胸中慨然而生的豁达，被王之涣绣口一吐，这首不过寥寥二十字，却传唱千载的《登鹳雀楼》便诞生了。

古代的文人骚客们也喜欢到网红地打卡，越是有名的地方，聚集的文坛大佬就越多，而能以作品技压全场、让其余同类题材的诗文为之逊色，便是实力的最好证明。

就像滕王阁有王勃的《滕王阁序》、岳阳楼有范仲淹的《岳阳楼记》，鹳雀楼也有王之涣的《登鹳雀楼》。而从《凉州词》到《登鹳雀楼》，一首是"盛唐七绝压卷之作"，一首是"盛唐五绝之最"，"王之涣"这三个字注定光耀千古。

在常人看来，蹉跎一生的王之涣，过了一段只属于自己、不被名利纠葛的人生。

对于赋闲在家的十数年，王之涣到底走过多少山河壮丽的风景、写出多少脍炙人口的诗句，我们已经不得而知。唯一可以确定的是，王之涣在清贫的生活中，找到了内心的安宁。

他的名声太大了，大到无论走到哪里，都有人在吟唱他的诗文；可他又太渺小了，小到正史中居然没有他的只言片语。不过这一切都与王之涣没有关系，从辞官归去的那一刻开始，王之涣只是属于爱妻李氏的王之涣，只是属于王之涣的王之涣。

唐玄宗天宝元年（742年），已经五十五岁的王之涣应诏担任文安县尉，在任期间，他清廉勤勉、与民解忧，下辖政治清明、百姓安居乐业，传为当时的一段佳话。但我想，像王之涣这样灵魂如不羁之鸟的人，为官为政并非是他们的追求，金戈铁马才是他们真正的向往。世间不如意事十常八九，妙笔写尽边塞的王之涣，自始至终都未能亲历轮台戍边、浴血厮杀的军旅生涯。

《凉州词》是王之涣留给盛唐的一阕绝唱，王之涣也是历史留给盛唐的一道惊鸿。

天宝元年，王之涣卒于任上，从此掩入历史的烟尘之中，少有人提起这位身为边塞文豪的微末小官。

有人问，那我们该如何概括王之涣的一生呢？

那句概括的话，其实早在王之涣去世的天宝元年就写好了，只不过直到千余年之后的1930年才因盗墓事件而现世。那是王之涣墓志铭上的一句话："孝闻于家，义闻于友，慷慨有大略，倜傥有异才。"

其余的不必多说——关于王之涣的一生，答案都在《凉州词》里。

高适

坦白讲，一开始我只想种地
后来就带兵打仗、拜将封侯了

唐玄宗天宝三载（744 年，唐玄宗于天宝三载正月朔改"年"为"载"），勋贵云集、商贾汇聚的洛阳城，刚刚被赐金放还的李白，与困顿于江湖的杜甫相遇，这两个象征着唐诗巅峰的灵魂终于相逢了。

强盛国家庇护下的子民，身体里无一不充满着浪漫和自由的细胞。一见如故的李白和杜甫纵酒狂歌，相约同游，寻找那隐遁尘世的仙人。

在那出行只能靠步行与车船的时代，李白和杜甫一路吟诗，览遍沿途风景，不知不觉间行至梁宋之地，因缘际会地邂逅了第三个人——高适。作为边塞诗的顶级流量人物之一，高适一听李杜说他们正在结伴出游，连忙扔下手中的锄头，加入了"寻仙问道"的行列。

这场被戴建业教授戏称为"找仙人、采仙草、炼仙丹"的三人行，从夏天持续到了冬天，一直走到连老实巴交的杜甫都高呼受不了才结束。杜甫说："秋来相顾尚飘蓬，未就丹砂愧葛洪。痛饮狂歌空度日，飞扬跋扈为谁雄。"简单翻译过来，就是：老哥哥们，我受不了了，我要回家！

造就了多少名篇和佳话的"寻仙之旅"宣告终结，在此期间，李白如愿以偿地当上了道士；杜甫虽然寻道未果，但也了却了前往王屋山（位于今河南省济源市）的心愿；至于高适，他在与李杜分别后，拂去身上的尘土，又一路南下，继续他的旅程了。

许是李杜的名声太大，以至于很多人忽略了高适的名字。但如果你生在大唐，问及诗人排行榜，高适的声望未必不如李杜。《旧唐书》中对高适有一句评价："有唐以来，诗人之达者，为适而已。"对于这句话，我想高适只会微微一笑：坦白讲，一开始我只想种田，后来就带兵打仗，最后拜将封侯了。

如果将高适的人生画卷铺开的话，你会发现他的一生几乎汇集了古代文人武将梦寐以求的成就。这位边塞诗派的泰斗，前半生只是个耽于田园耕种的白丁，但命运的不可捉摸，让高适在生命的不经意的转角，突然就来到了金戈铁马的战场。

我们来读读高适的人生简历：天宝八载（749年），进士及第，授封丘县尉；后投靠河西节度使哥舒翰，担任掌书记；拜左拾遗，转监察御史，辅佐哥舒翰把守潼关（位于今陕西省渭南市）；安史之乱爆发后的第二年，即天宝十五载（756年），护送唐玄宗进入成都，擢谏议大夫；再之后，出任淮南节度使，讨伐永王李璘叛乱；最后讨伐安史叛军，解救睢阳（今河南省商丘市）之围，历任太子詹事、彭蜀二州刺史、剑南东川节度使；唐代宗广德二年（764年），入为刑部侍郎、左散骑常侍，册封渤海县侯；唐代宗永泰元年（765年）去世，享年六十二岁，追赠礼部尚书，谥号为忠。

从金榜题名、进入仕途，到率众出征、勤王平叛，最后拜将封侯、青史留名，高适只用了短短十五年。这样一个拿了孟浩然剧本出场的大诗人，最终以辛弃疾的方式结束人生之旅，实在是令人神往。而且相较于一生郁郁不得志的辛弃疾，高适真正实现了"了却君王天下事，赢得生前身后名"的理想。但若是将时间拨回唐玄宗开元十一年（723年），我想二十岁的高适也想不到自己会活得这般精彩。

那正是开元盛世的鼎盛时期，大唐的豪侠才子们，无一不向往着大漠边关，渴望着建功立业，在帝国的辉煌史册中留下属于自己的一笔。浪漫至死的李白曾提笔写下"十步杀一人，千里不留行"的豪言壮语；忧国忧民的杜甫也曾吟出"君不闻汉家山东二百州，千村万落生荆杞"的醒世良言；但唯独高适不同，这位曾奏响边塞诗最强音、本该最热血的诗人，却在自己风华正茂之时，安于做一介农民。

早在弱冠之年，高适就来到帝都长安，然后在熙熙攘攘的人群中逆流而去，辗转梁宋之地，最后定居宋城（今河南省商丘市睢阳区），在此醉心于耕种生活长达八年之久。满眼是盛世繁华的景象，到处是为国尽忠的呐喊，高适这个孤独的灵魂却远离喧嚣，过着闲云野鹤般的自在生活。

能身处繁华而不乱本心，能置身荒野而内心丰盈，这般人物的成就往往非常人能及。就在所有人异样的目光中，高适坚持了八年的耕作自给，如潜龙在渊般，暗暗蓄积力量。

鸿鹄终不屈于山林之间。"十年饮冰，难凉热血"的高适，终于还是顺应了内心的召唤。从开元十九年（731年）起，他正式告别了田园生活，向着酝酿许久的军伍梦想出发了。至此，大唐诗坛迎来了一位主将。他曾纵步边塞，欣赏过长河日圆的大漠风光；也曾笔走龙蛇，写就了无数脍炙人口的边塞诗歌。

也正是在此期间，高适科举落第，辗转于江湖之间，虽未取得功名，却因才华横溢，先后被诸多节度使聘为幕僚。浸染在波谲云诡的战场之间，沉寂于高适内心深处的军事才华被激发出来。

开元二十六年（738年），高适写下了著名的《燕歌行》，一句"战士军前半死生，美人帐下犹歌舞"，便胜却千百年来的多少边塞诗。

"一将功成万骨枯"是帝国荣光背后的黑暗，多少人只惊羡于大唐国土的辽阔，以及大唐将士的百战不殆，可热血的高适却总能保持一双清醒的眼睛，关注到帝国阴影里的悲伤。

其实从当时的现实来看，历史似乎已经剥夺了高适出场的机会。在那个人均寿命不足四十岁的时代，已经四十出头的高适还没有找到出人头地的机会，他只能游离于权力的边缘，无论他多么渴望上阵杀敌，也没办法置身于行伍之间。

但让所有人意料不到的是，大半生寂寂无闻的高适，在他四十六岁那年，迎来了转折，他遇到了一个人——睢阳太守张成皋。在他的举荐下，高适再次参加科举，进士及第。

四十六岁高中进士，其实在考到白头都不中的科考大军中，已经算是极幸运的了。孟郊也是四十六岁才及第，登榜后，按捺不住激动的心情，写下了《登科后》："昔日龌龊不足夸，今朝放荡思无涯。春风得意马蹄疾，一日看尽长安花。"

不过，杨炯十岁应弟子举及第，元稹十五岁以明两经擢第，王勃十六岁应幽素科试及第，杜牧二十六岁中进士，白居易二十九岁雁塔题名。但相较于这些将文字之美发挥到极致的文坛大咖，高适的优势在于文武双全。除了是边塞诗的一代文宗外，他还在军事上有着过人的天赋。安史之乱的爆发，将他推向了魂牵梦萦的战场。自此，高适如龙入大海、鲲鹏振翅，一发不可收。

翻开史册，你就会发现，在那些赫赫有名的战役中，都有过高适的身影：巍巍潼关，高适曾与名将哥舒翰镇守在此，固若金汤；永王谋反，高适亲自率兵平乱，大显身手；睢阳之围，高适也曾指挥千军万马，定乱平叛。

看着那个在威严军阵中指挥若定、决策千里的高适，谁还能想起之前那个躬耕于田园、与鸡鸭为伴的农夫呢？高适的前半生与军旅无关，他将时光都留给了田园牧歌；后半生投笔从戎，把余生都献给了尽忠报国。

唐朝诗人千千万，吟诵爱国诗句、心怀报国之心的也不在少数，但如高适这般真的付诸行动的，寥寥无几。很多人都对高适的人生反差感到疑惑不解，但我想千百年后的英国诗人萨松回答了这个疑问——心有猛虎，细嗅蔷薇。

这世上哪有那么多好运气，只有随时做好准备的自己。那些曾"荒废"在田园中的时光，都化为高适内心的温柔，在此后人生的起落之间，托举他一路向前。

陆游曾言，"位卑未敢忘忧国"，这不仅是陆游的初心，也是每一个爱国者的坚守，高适也不例外。

当初远离庙堂、浪迹江湖，高适就已写下了"倚剑对风尘，慨然思卫霍"的慷慨陈词，如今以军功封侯、立身朝堂上，高适也未曾迷失本心。

唐肃宗至德三载（758年），那个政治清明、从谏如流的大唐早已远去，置身政治的尔虞我诈中的高适仍旧没有丢失"战士军前半死生，美人帐下犹歌舞"的清醒与悲悯。五十五岁的他慨然直言，最终惹来当权者的不满，被贬为太子詹事，后又相继转任彭州刺史、蜀州刺史、剑南节度使。在一次次调任的过程中，高适离权力中心越来越远。

唐代宗广德元年（763年），吐蕃进犯，六十岁的高适愤然抵抗，但终因敌众我寡，大败而归。此时，距离他生命的终结只剩下两年，这位老者黯然地卸任剑南节度使的官职，以渤海县侯的身份致仕，告别了自己长达十余年的军旅生涯。

一生钟爱黄沙蔽日、阵前厮杀的人，是无法离开战场的，因为他的精气神都已经与血染的沙场相连。从剑南节度使离任后，史书对于高适的记载便只剩下寥寥数语了。

唐代宗永泰元年，六十二岁的高适病故，和已经混乱不堪的大唐做了最后告别。高适离开的时候，正值正月，大雪蔽天，像极了天宝六载（747年）他与琴师董庭兰分别时的那场雪。

大雪纷飞中，高适与董庭兰依依惜别，高适说："莫愁前路无知己，天下谁人不识君？"时隔十八年，也是在这样的大雪中，大唐与高适依依惜别。

"莫愁前路无知己，天下谁人不识君"，我想这也是大唐想要给高适的挽歌。

王昌龄

喝最烈的酒
写最好的诗
去最远的边关

　　唐玄宗开元十二年（724 年）末，黄沙漫卷、旌旗飘扬的大漠边关迎来了一位二十七岁的年轻诗人，他叫王昌龄。彼时的大唐已经进入后世所津津乐道的开元盛世，万邦来朝的盛况，让这个帝国的每一个子民都享受到了荫庇与荣光。戍守边关、为国征战已经不再是将士的专属了，即便是像王昌龄这样的文弱书生，也想要为帝国献上自己的一份心力。

　　太平盛世激活了无数文人骚客的创作灵感，李白、贺知章、王维等诗坛领军人物，在这空前的繁荣中尽情挥洒着他们的诗情。随着王昌龄的声名鹊起，盛世诗风开始有了新的变化。原本只有寥寥几人苦撑的边塞诗，顿时异军突起，在盛唐的诗坛里占据一席之地。而这一切，都归功于二十七岁就敢单枪匹马远赴河陇、尽览玉门烟尘的王昌龄。

　　时光流转，千年光阴恍如云烟，这位被尊为"诗家天子""七绝圣手"的诗人，流传后世的诗文也只剩下区区一百八十一首。当我们拨开"秦时明月汉时关"的硝烟，感受他"不破楼兰终不还"的豪气、"一片冰心在玉壶"的赤诚；而当你读过他存世的所有诗文，再缓缓闭上眼的时候，你脑海中浮现而出的那个人，就是真正的王昌龄。

唐肃宗乾元元年（758年），安史之乱的风波尚未平息，刚刚光复两京之地的唐肃宗李亨在大明宫召见万国使节。文武百官望着高高在上的皇帝陛下，听着高台下恭敬行礼的诸国使臣们的山呼万岁，仿佛又回到了恢宏的盛唐。

时任中书舍人的贾至百感交集，写下一首小诗《早朝大明宫呈两省僚友》，而一时技痒的大诗人王维、杜甫、岑参等人也纷纷写出和诗。王维的和诗中有这样一句话："九天阊阖开宫殿，万国衣冠拜冕旒。"后来不少人用这句诗来形容盛唐气象，但很少有人知道，当王维写下此句诗时，那个所有人憧憬的盛唐已经落幕了。

盛唐到底是何种光景，如今的我们只能从史籍的字里行间略窥一斑，但不得不承认——开元盛世，仅仅是这四个字，就足以令人心驰神往。在诗人如过江之鲫的盛唐，历史仿佛还不满足于诗坛此前的繁荣，它又悄悄准备了一个惊喜，然后将出场就已经快三十岁的王昌龄推到了众人眼前。

出生于武则天时代的王昌龄，二十七岁之前的人生并没有多少人知道。老天爷给他准备的人生剧本，开局只有锄头，只能靠种地来维持生活的地狱级难度。人在绝望或者迷惘的时候，总会寻找一个心灵的寄托，所以史书上留下了王昌龄曾学道嵩山（位于今河南省登封市）的记载。

梁启超先生说："十年饮冰，难凉热血。"这句话适用于高适，也适用于王昌龄。山林田园之乐并非是他的心之所向，藏在王昌龄骨子里的，始终是金铁争鸣、沙场建功的雄心壮志。

嵩山学道未满三年，在体内奔腾不息的热血，让这个不甘寂寞的年轻人启程赶赴河东，他就像是一颗待价而沽的宝珠，藏于人海中，只待慧眼识珠者的发现。

而这一次，机会没有让王昌龄等太久。

唐玄宗开元年间，从北魏开始维持了近两百年的府兵制开始瓦解，繁荣强大的唐帝国需要更强大的军队来征战四方，大批有志于建功立业的男儿们纷纷投身军营，赶赴黄沙漫天的帝国前线。一直以来都有戎马情结的王昌龄也在开元十二年前后，单枪匹马赶赴河陇前线，并穿过玉门关，到达了令他魂牵梦萦的边关，希冀着在此建立不世功勋。

当曾经无数次幻想的边关迎着目光闯入心扉的时候；当曾经无数遍梦到的金戈铁马一遍遍在眼前上演的时候，原本寂寂无名的王昌龄开始用自己的方式，奏响盛唐边塞诗的最强音。

从开元十二年到开元十四年（726年），短暂的边关军旅生涯，让王昌龄把潜藏在心底的万丈豪情尽数挥洒而出，"王昌龄式"的边塞诗的高光时刻开始了。

和从前的热血青年不一样的是，当真正见到尸横遍野的残酷战场后，王昌龄也渐渐地对盛世和战争有了新的看法。他的诗句从最开始的"秦时明月汉时关，万里长征人未还"，变成了后来的"忽见陌头杨柳色，悔教夫婿觅封侯"。

很多人都感慨王昌龄的边塞诗词句工整，开辟了盛唐边塞诗的新天地，更难得的是，他能从"黄沙百战穿金甲"的盛世战争里，看到寻常人"悔教夫婿觅封侯"的悲切。

后世人尊王昌龄为"七绝圣手"，并非只是因为他的边塞诗写得好，更重要的是，"王昌龄式"的边塞诗，让原本末流小派的边塞诗成为当时的热门话题。王昌龄这位"不鸣则已，一鸣惊人"的草根诗人，靠着自己过硬的七绝功底，把这个原本不受诗坛看重的诗文形式，推成了唐诗最流行的体裁之一。

后世耳熟能详的边塞派代表诗人，如高适、岑参等和王昌龄比起来，都是实打实的晚辈。当二十七岁的王昌龄闯荡边关的时候，岑参还是个十岁的孩子，高适还在河南商丘种地自娱。而且纵观整个唐朝，能在"七绝"造诣方面与王昌龄比肩的，也就只有那位谪仙人李白了。恰如明代大文学家王士祯所说："七言绝句，少伯与太白争胜毫厘，俱是神品。"

开元十四年，王昌龄在京兆府蓝田县石门谷（位于今陕西省西安市）避世隐居了一年。这一年对于王昌龄来说，就像是狂欢后的沉默，他渐渐地从所有人都为之疯狂的盛唐美梦中醒来。

我想，从开元十五年（727 年）起，王昌龄便不再热衷于做戍守边关的普通士兵，他开始静下心来思考盛世与苍生的关系，也开始以一个成熟政治家的思维来审视自己。

大唐百姓只知道那个以"七绝"搅动诗坛风云的王昌龄突然消失了，这位已成盛唐诗坛大 V 的年轻人，在自己最受关注的时候选择急流勇退，并用一年的蛰伏来迎接自己的另一次盛放。

开元十五年，已经名声斐然的王昌龄参加了第一次科举考试，一举中榜，进士及第。四年之后的开元十九年（731 年），他又在长安参加了博学宏词科考，并再度榜上有名。原本草根出身的王昌龄先后一次性通过了唐朝的公务员考试和公务员遴选，并如他所愿，成为盛世大唐的一名官员。

清代文学家赵翼在《题遗山诗》中有这样一句话："国家不幸诗家幸，赋到沧桑句便工。"这句话深刻地告诉所有人，没有大起大落的人生境遇，很难成为冠绝古今的大文豪。如果王昌龄能穿越千载，读到赵翼的这句诗，一定会深以为然。即便是以精妙绝伦的文章顺利通过博学宏词科考，王昌龄也未能在官场上大展宏图，他所做到的最高官职，也只是个辅佐县长的江宁丞而已。

仕途的坎坷并没有让王昌龄太过悲观，贬谪之路成就了他的另一番人生。在贬谪途中，他结识了不少诗坛同好，原本只能"闻其诗，未见其人"，而今却能结成知己：开元二十七年（739 年），王昌龄遇赦北归长安，在巴陵（今湖南省岳阳市）与李白相遇，一见如故；开元二十八年（740 年），王昌龄闻孟浩然大名，赶赴襄阳与之相见，把酒言欢……

当一个人足够优秀的时候，他会像磁石一般，将同样优秀的人聚拢到自己身边。从开元年间至天宝年间，王昌龄几乎结识了当时诗坛所有的领军人物，李白、孟浩然、岑参、王维、崔颢、綦毋潜、李颀等，都成为了他的知己好友。而与这些诗坛顶流人物的互动，又令王昌龄写出了不少佳作。

但这一切的惬意都随着天宝十四载，即公元755年安史之乱的爆发戛然而止。安史之乱是大唐由盛转衰的转折点，也是所有大唐人梦碎的瞬间。这个如日中天的帝国开始急转直下，并朝着太阳落下的方向缓缓走去……

（四）

战争衍生出的，是轻视礼法、以武力夺权的军阀。他们手握重兵，在乱世之中割据一方，这其中就包括时任亳州刺史的闾丘晓。这位被《旧唐书》称为"驭下少恩，好独任己"的军阀，在兵连祸结的安史之乱期间，杀害了途经此地的王昌龄。

史书并没有给出闾丘晓杀人的理由。王昌龄这位人间惊鸿客，到此结束了六十载红尘岁月。他仿佛和开元盛世有一场约定一般：因开元盛世引发的参军热而远赴边关，写出了旷古烁今的边塞诗，又在令开元盛世土崩瓦解的安史之乱中死于非命。这位伟大诗人的生命，与开元盛世同绚烂、共寂灭，最终消失在历史的烟尘之中。

王昌龄的死，让天下哗然，所有有识之士都难以释怀这位天才诗人的离去。时隔不到一年，亳州刺史闾丘晓就因延误军情而被宰相张镐杖杀。

历史没能记下王昌龄的最后时刻，却把闾丘晓的死亡前夕清清楚楚地描述出来。

据《旧唐书》记载，行刑在即，闾丘晓苦苦哀求："有亲，乞贷余命！"意思是，家中尚有老父母需要赡养，还请饶过一命。

张镐望着跪地求饶的闾丘晓，缓缓说了一句："王昌龄之亲，欲与谁养？"意思是，王昌龄的老父母，又该谁来赡养呢？

王昌龄这颗耀眼的星辰还是陨落了，他写给他那个时代的告别词，我想早已在十四年前就已经写好了。在他以谪宦之身从江宁北上，在芙蓉楼（位于今江苏省镇江市）送别诗人辛渐的诗句里，他说："洛阳亲友如相问，一片冰心在玉壶。"

不必在意我身在何处，当你们想起我的时候，只要记得我初心不改，肝胆可照日月。

如此，便足矣。

贺知章

就这么糊涂醉了一辈子
然后一不小心活过了几乎整个盛唐

唐玄宗天宝二年（743 年），在四海文士豪杰都千辛万苦想要挤进帝都长安的时候，一个在长安待了五十多年的老人却希望落叶归根，回到越州山阴（今浙江省绍兴市）的老家。

唐明皇收到老者的请辞文书后，望着他佝偻的身姿、满头的银发，以及大病初愈、略显憔悴的面容，终于点头答应了他的辞呈，并在皇宫中设宴，命太子为首，带领文武百官，送别这位已经八十五岁高龄的老人家——贺知章。

那一日的长安皇城热闹非凡，朝廷上下觥筹交错。百官都来给这位德高望重的老者敬酒饯行，嗜酒的贺知章也在人群中回敬。纵目望去，宴上之人尽是他的晚辈，属于贺知章时代的人，只剩他一个。

状元及第，官至三品，太子恩师，皇帝赐宴，诏赐镜湖——这一天，是贺知章人生中最完满的一天；这一天，也是贺知章选择和身外名利告别的一天。

酒宴过后，喧闹散去，贺知章带着醉意，缓缓地走出皇宫。步出宫门的那一刻，他一定回想起武则天证圣元年（695 年）的那一天，三十七岁的自己状元及第，从此踏入仕途。一切就像是一场大梦，梦里极尽繁华，而自己仿佛就这么糊涂醉了一辈子，然后一不小心活过了几乎整个盛唐。

一

唐玄宗天宝六载（747年），贺知章已经辞世近三年，一生浪迹天涯的诗人李白行至会稽时，睹物思人，想起自己和这位老前辈的往事，一时百感交集，写下了《对酒忆贺监两首》。

> 四明有狂客，风流贺季真。
> 长安一相见，呼我谪仙人。
> 昔好杯中物，翻为松下尘。
> 金龟换酒处，却忆泪沾巾。
>
> 狂客归四明，山阴道士迎。
> 敕赐镜湖水，为君台沼荣。
> 人亡余故宅，空有荷花生。
> 念此杳如梦，凄然伤我情。

对于李白而言，他一生见过的风景和人太多，但当他回忆起与贺知章初见时"金龟换酒"的场景，恍如昨日，久久难以释怀。贺知章称李白是被贬下凡的"谪仙人"，而李白也用自己的天纵诗才为贺知章的一生做了最好的注脚："四明有狂客，风流贺季真。"贺知章此时若还在世，听到这句诗，定会畅怀大笑，也定会与李白大醉一场，有此知己，足以慰平生。

《旧唐书》记载，贺知章到了晚年，更加放肆荒诞，并自号"四明狂客"，又称"秘书外监"，还常常酒后"遨游里巷"，好不快哉。可很多人读过贺知章的人生履历后，会觉得他的大部分人生称不上一个"狂"字，甚至可以说不仅不狂，还是个低调到见人就笑的老好人。

如果你产生这样的错觉，说明你还没有读懂贺知章。

武则天证圣元年，三十七岁的贺知章成为浙江历史上有正史可查的第一位状元。彼时的大唐国运正盛，经过太宗、高宗两朝君臣的努力，帝国在武则天这位女强人的手中迎来了更加灿烂的光景。

很多人都羡慕贺知章仕途顺达，但事实上，直到他六十六岁时，还只是一个负责祭祀的正七品小官。和高中状元时的荣耀相比，贺知章的仕途实在是砢碜得紧。对于这样的人生落差，但凡有点"血性"的诗人，都会写点诗发发牢骚，但贺知章没有，他不仅不狂，还怂得要命，宁愿蹉跎时光，也要在这七品小官的任内悠闲自得。但是，在这被蹉跎的二十九年时光里，他其实是在用另一种态度表达自己的清贵与孤高。

从武则天临朝，到唐玄宗即位，其间是唐帝国内部一系列惊心动魄的政治斗争。对于拥护武则天及武氏子侄的朝臣，以及忠心于李唐皇室的臣子来说，功名利禄可以突然从天而降，政治清洗也可以随时到来。不少只着眼于眼前富贵、钻营于攀龙附凤的朝臣，多半都亡在掌权者的变换中。

而贺知章就像一个孤独的不倒翁一样，只专注于自己的分内之事，从不参与波谲云诡的政治斗争。也正是因为这份不与世俗同流合污的清狂，让他在开元十三年（725 年）时得到了唐玄宗的青眼，随后一路升迁，最后当上了官居三品的太子宾客、银青光禄大夫兼正授秘书监，并成了太子李亨的老师。

唐玄宗懂得贺知章的狂，看似与世无争的背后，是贺知章坚贞的气节；而贺知章也懂唐玄宗的喜怒，所以终其余生，都小心翼翼地维持着适宜的君臣尺度。都说"伴君如伴虎"，但贺知章自始至终都未曾受过君上的斥责，这在有唐一代的所有文臣里，是非常罕见的。

（二）

贺知章好酒，无酒的贺知章不足以称为"狂"。酒对于贺知章来说，是英雄手中的宝剑，是美人面上的轻纱，更是他酝酿一身诗情的秘诀。有了酒，他才活成了所有人眼中的"四明狂客"。

开元年间的长安城永远人满为患，天下胸怀抱负之人，都渴望在这座繁华的帝都中拥有一席之地。很多人从踏入长安城的那一刻起，就小心翼翼地收敛自己的锋芒，湮没在人海里韬光养晦，伺机而动。

但长安城里也总有狂放不羁之人，那些初来长安的人，往往会诧异于眼前所看到的景象：酩酊大醉的贺知章摇摇晃晃地穿过人海，在长安的大街小巷里纵笔狂书，但凡可以题字作诗之处，他都会洋洋洒洒、大书特书。而早就司空见惯的长安百姓会耐心地解释道："这是我们贺监①。"

唐朝的诗人们都喜欢组团，比如"李杜""元白"等，贺知章也是很多组合的成员，比如"吴中四士""仙宗十友"，但我想他最喜欢的应该是"饮中八仙"，因为只要有酒，贺知章便一定是那个豪气纵横的诗狂。

唐玄宗天宝元年（742年），贺知章与李白萍水相逢，一见如故。两人切磋诗文，推杯换盏，酒酣之时，贺知章取下腰间所系的金龟，豪掷给酒家："这个给你，拿酒来！"

---

① 贺知章曾任秘书监，晚年又自号"秘书外监"，故时人称其为"贺监"。

一生视贺知章为偶像的杜甫，在《饮中八仙歌》中，将他心中嗜酒如命的贺监，写成了一个贪杯醉酒、落入井中仍能酣睡的狂客："知章骑马似乘船，眼花落井水底眠。"

好一个长安第一潇洒客！

好一个四明狂客贺知章！

而在贺知章去世近百年后，大诗人刘禹锡在洛阳一处寺庙的墙壁上，偶然发现了他留下的题壁。彼时早已物是人非，但贺监趁着酒兴写下的诗文仍然鲜活飘逸，字里行间透露出的文采风流，让刘禹锡对这位故去已久的老前辈生出几多崇敬，并因此写下《洛中寺北楼见贺监草书题诗》。

> 高楼贺监昔曾登，壁上笔踪龙虎腾。
> 中国书流尚皇象，北朝文士重徐陵。
> 偶因独见空惊目，恨不同时便伏膺。
> 唯恐尘埃转磨灭，再三珍重嘱山僧。

如今我们再提起贺知章，绝大多数人只记得"不知细叶谁裁出，二月春风似剪刀""少小离家老大回，乡音无改鬓毛衰"。虽然贺知章流传到今天的、还为人所知的诗只有大约二十首，但从他"逢酒必作诗"的习惯和高寿来看，当年他写过的诗一定不少。

于贺知章而言，酒是主业，写诗只是一时技痒，写过就罢了。就如同为官做人一样，无论经历了什么，贫富荣辱都是过眼烟云，过了便过了，不必恋栈。所以，读不到贺知章更多的诗，是我们的遗憾，却并非是贺知章的遗憾。他品尝过美酒，相逢过知音，便已满足。

唐玄宗天宝三载（744年），垂垂老矣的贺知章终于回到了老家。阔别故乡五十余载后，熟悉的故人都已离去，故乡的风景却与离开时一般无二。

在远赴长安的半个多世纪中，贺知章经历了状元及第、武后篡权、唐隆政变、先天政变，最后在开元盛世终结前夕告别庙堂，荣归故里，回到他一生的起点，也是他一生的终点。

"少小离家老大回，乡音无改鬓毛衰。"

年少读这首诗时，只知道是诗人久别故土、归来后的怅然若失；如今再读时，除了感慨人面对时间的无力之外，还有贺知章浮沉一生、最终参透人生、返璞归真的古井无波。

"唯有门前镜湖水，春风不改旧时波。"

也唯有贺知章的清高与孤狂，在那物欲横流的开元盛世里，自始至终未曾被腐坏分毫。

天宝三载，回到故乡没多久的贺知章溘然长逝。从初唐的欣欣向荣，到盛唐的万邦来朝，贺知章用自己的一生，见证了唐帝国的崛起与鼎盛；而到贺知章辞世的时候，看似繁花似锦、烈火烹油的盛世，已经危机四伏：土地兼并和府兵制的崩坏，让地方势力迅速成长到足以威胁中央的地步；紧接着，导致唐帝国由盛转衰的安史之乱爆发了。

贺知章是幸运的，他没有看到这一切，他沐浴着帝国的荣光，活过了几乎整个盛唐，然后，静静地离开人世。

唯有盛唐气象，才配得上这样一个贺知章。

当贺知章走后，开元盛世的句号也即将画上。

李白

江湖剑仙、红尘酒仙、青莲诗仙
我的故事比课本描述的更精彩

唐玄宗天宝元年（742 年），赋闲在家许久的李白接到了"入宫觐见"的诏令，数十年的夙愿终于得以实现，已经四十二岁的李白狂喜之余，写下了诗作《南陵别儿童入京》，其中以末尾那句"仰天大笑出门去，我辈岂是蓬蒿人"最为人所熟知，后世很多人都将这句话作为自己身处人生低谷时的振奋之语。但很少有人知道的是，李白其实并没有那么豁达乐观，他在绝大多数的人生岁月里，远远没有大家想象的那样潇洒随性、自由不羁。

在写《南陵别儿童入京》之前，李白是个无缘科举、屡遭排挤、十数年光阴白白蹉跎的"落魄中年"。饱受妻子讥讽的他，因为一事无成，连辩解的资格都没有。这就是李白会在诗中留下那句"会稽愚妇轻买臣，余亦辞家西入秦"的原因。李白坚信自己是大唐的朱买臣，位列庙堂、拜将封侯只是时间问题。

而在写《南陵别儿童入京》之后，李白虽然如愿地进入了长安，甚至获得了唐玄宗降辇相迎、亲手调羹的高级别待遇，但他依旧未能像雄鹰展翅般在政治上施展抱负，而是像金丝雀被关入笼中，始终只是个侍奉君王消遣娱乐的"词臣"；后又因恩宠日盛而遭人嫉妒，被构陷排挤，最后被"赐金放还"，从此再也未能入庙堂半步。

盛唐对李白充满了残忍，因为它从一开始就剥夺了李白的科举资格^①，但李白却始终对盛唐满怀热忱。他一生失意，却尽力豁达，执剑畅游九州之地，醉酒口吐锦绣华章，璀璨了整个盛唐。

武周长安元年（701年），女皇武则天虽然仍掌控着朝局，但随着她步入生命的最后阶段，帝国内部的各方势力开始蠢蠢欲动，"回归正朔"的思潮在朝野中涌动。

在这一年里，一个身世不详的孩子呱呱坠地，他就是后来的青莲诗仙李白。长大后的李白虽没能像传统儒生那样实现"经世致用"的梦想，却另辟蹊径地打开了唐诗的新纪元，成为空前绝后的诗家绝响。

关于李白的身世，一直众说纷纭，无论是《新唐书》《旧唐书》等正史，还是《唐才子传》等评传，都各有各的说法：有的说李白是李唐宗室的后裔，只不过祖上因罪被放逐西域；有的说李白是商贾之子等，因此没有参加科考的资格。就连李白本人也对自己的身世讳莫如深，以至于到今天都没有一个统一的说法。

不过，从后世人的角度来看，没有因科举而取得功名并不影响李白的伟大，甚至可以说，正是因为李白无缘科举，才让其得以在江湖与庙堂之间畅意来去，才让其写出这么多自由浪漫到极致的诗文。

十五岁以前的李白，基本上是按照一个正常唐朝少年的人生进程成长的，他博览群书，在十五岁时就已写出了不少脍炙人口的诗文，让

---

① 关于李白为何不能参加科考，众说纷纭。按照唐朝律法：刑家之子、工贾殊类不得参加科举。也就是说，罪人之子、商人之子是没有科考资格的，李白可能属于以上身份之一。

当时不少名流为之点赞。因为无缘科考，所以他若想入仕为官，只能走高官名士举荐这条路。从唐玄宗开元三年（715年）起，十五岁的李白就开始了拜谒权贵、谋求仕途的道路。

不要问十五岁的李白怎么敢一个人说走就走，因为如果和绿林强盗狭路相逢的话，倒霉的不是李白，而是那群不长眼的强盗。和一般年轻人佩剑纯粹为了耍帅不一样的是，李白真的会剑术，还是个高手。

李白的忠实粉丝魏颢[2]曾在作品《李翰林集序》文中，以"少任侠，手刃数人"这七个字，证实了偶像年少时就已是武林高手的事实；就连李白自己也曾在给朋友的《叙旧赠江阳宰陆调》中提起当年他少年英雄、风华正茂，一人单挑一群地头蛇的旧事："风流少年时，京洛事游遨。腰间延陵剑，玉带明珠袍。我昔斗鸡徒，连延五陵豪。邀遮相组织，呵吓来煎熬。君开万丛人，鞍马皆辟易。"

隔着千载悠悠岁月，透过"少任侠""喜击剑"等字眼，一位右手执剑、左手提酒，悠然行走在江湖之间，绣口一吐，尽是刷屏爆文的少年郎形象，已经在我们的脑海中清晰显现。

从开元三年到开元六年（718年）间，李白几乎游遍川蜀。等到十八岁以后，成长为青年的李白早已按捺不住想要仗剑走天涯的心，进入了"仗剑去国、辞亲远游"的人生新阶段。

---

② 魏颢原名魏万，曾在王屋山下做隐士，自言平生自负，却对李白敬重有加。为了能与李白相见，他从王屋山出发，一路打听李白的行踪，追到浙江天台山，但到了天台山之后，李白已经走了，他又跋涉三千里，历经半年，到达广陵，终于追上李白的脚步。李白深受感动，与他结为忘年交。

从川渝到扬州，从汝州（今河南省汝州市）到安陆（今湖北省安陆市），在那个出行靠走的时代里，李白用十余年的时间，跨过了相当于今天五个行政区域（四川省、重庆市、江苏省、河南省和湖北省）的广大土地，一路载诗载酒，结交了不少文坛名士。

其中最值得一提的，莫过于李白与孟浩然的相遇。在襄阳初相逢时，李白还只是小有名气的新秀，而彼时已归隐的孟浩然是家喻户晓的诗坛大咖，一见如故的两人，很快就结为了莫逆之交。

一次相逢，衷肠还未诉尽，两年后，二人又在黄鹤楼相会，成就了一段诗坛佳话。还记得那首《送孟浩然之广陵》吗？那正是李白和孟浩然第二次分别时所作，一句"孤帆远影碧空尽，唯见长江天际流"，道尽了李白对老大哥的恋恋不舍。

与其说李白"仗剑去国，辞亲远游"是为了求取功名，不如说他是为了玩乐。毕竟这位仁兄在十余年时间里，与权贵交往的记录太少，几乎都在游山玩水、好生快活。直到开元十八年（730年），大抵是因有了妻儿的牵绊，三十而立的李白才开始认真地向权贵名流毛遂自荐，以期获得赏识。从此，惬意越来越少，坎坷越来越多。

李白不是没努力过，他在滞留安陆期间，不止一次地向当地长官毛遂自荐，更是写下《上安州裴长史书》这样充满了委屈和谦卑的自荐书，但依然没有得到任何回应。

开元十八年到开元二十三年（735年）的五年时间里，史书给我们留下的，是一个匆匆忙忙、四处结交、以求入仕的李白，没有豁达随性，有的只是蹉跎和迷惘。

李白并不是没有门路，他找到了当时的士林领袖张说，找到了唐玄宗的妹妹玉真公主，甚至还先后给唐玄宗献上了《明堂赋》和《大猎赋》这两篇歌功颂德的文章，但无论李白做出多大努力，他的前程还是像死水一般，掀不起半点涟漪。

在评价李白的时候，我用到了"尽力豁达"这四个字，因为他并非没心没肺的乐天派，他会沮丧到极点，也会失望到想要就此堕落，甚至想过归隐。在全无希望的五年里，李白潦倒于长安城内，与市井无赖们饮酒作乐，并不止一次地想和好友丹丘生一样归隐山林，余生以修仙炼道为趣。

在于仕途未有寸进的五年里，李白的名气随着他那一篇篇锦绣华章而广为人知，终于，在跌跌撞撞中坚持了许久的李白，等到了他期盼已久的高光时刻。

开元二十三年，李白在常去的酒肆中遇到了人生的贵人——贺知章，好酒的贺知章与豪饮的李白一见如故，觥筹交错间，两人成了忘年交。李白拿出自己的诗作，请贺老前辈品鉴，酒至半酣的贺知章在读完《蜀道难》和《乌栖曲》后，大为惊奇，李白超凡出尘的行文和瑰丽绝妙的想象，让这位诗坛泰斗惊呼了一句："公非人世之人，可不是太白星精耶？"

喜提"谪仙人"称号的李白，等到了期盼已久的曙光，他的才名也在玉真公主和贺知章的先后背书下，传到了唐玄宗的耳朵里。李唐和赵宋的皇帝们，文化素养都不低，音乐与文学爱好者唐玄宗对李白的诗文爱不释手，一纸诏书，解决了李白几十年都没能解决的大唐公务员编制问题。

去长安的那一天，李白一定对仕途充满了期待，他太渴望在这样一个绚烂到极致的帝国里尽忠报国、建功立业了。是位列中枢，成为匡扶社稷的宰相；还是策马沙场，成为保境安民的将军？自信爆棚的李白，觉得两者于自己而言，似乎都能做得游刃有余。这一刻的他，仿佛看到一条花团锦簇的仕途之路近在眼前。

对，我用的是"似乎"和"仿佛"。

我想唐玄宗一定也认为李白是千古难遇的奇才，不然也不会"降辇相迎"，更不会"亲手调羹"。但从他让李白"侍奉翰林"，每逢宴饮必召李白赋诗为乐的做法来看，他只是拿李白当个纯粹的文士，既不认为李白有匡扶社稷的宰相之资，更不认为李白有驰骋沙场的将帅之才。

而"不争气"的李白也用实际行动，证明了自己是一个"诗家天才"，同时也是一个"政治蠢材"。

唐玄宗和杨贵妃整日饮酒作乐，而置身繁华梦中的李白也基本处于宿醉未醒又复醉的状态。但就是这样一个稀里糊涂、走路基本靠侍卫搀扶的李白，却作出了"云想衣裳花想容，春风拂槛露华浓"的千古佳句，给后人留下了关于美貌的无尽想象。

李白是幸运的，在那段君臣的蜜月期中，即便御前失仪，皇帝也觉得他率真可爱；但他也是不幸的，他的仕途因他的狂放不羁而断送。

在话本、戏文里，狂醉之下的李白让杨贵妃研墨，让高力士脱靴，这一系列自杀式的操作，让满朝奸佞抓住了机会，无数的诋毁和谩骂铺天盖地而来，瞬间淹没了李白。话本、戏文存在虚构的成分，但同僚的排挤应该是真的。

与此同时，李白也厌倦了以文媚上的生活，难以施展抱负的他，提交了辞呈，放弃仕途，重返江湖。唐玄宗也顺着台阶，给了李白一个体面的离开方式——赐金放还。

这场令太多人艳羡的"泼天富贵"就这样草草收场了。李白虽然没有得到想要的仕途经济，却成为现象级的国民诗人。世界很大，李白没去过的地方还有很多，没见过的人也还有很多，但不知道李白的人，已经很少很少了。

天宝三载（744 年），李白行至洛阳，遇到了同样失意的杜甫，无意中完成了大唐诗坛上最值得被铭记的一场相逢。这是李杜的第一次相逢，也是浪漫主义和现实主义的伟大交融。

于李白而言，杜甫是他的一位朋友；但于杜甫而言，李白却成了他的一生知己。两年见了三次面，江湖同游、寻仙问道的逍遥岁月，让杜甫事隔多年也念念不忘，他写下了很多怀念李白的诗文，包括但不限于《春日忆李白》《冬日有怀李白》《梦李白二首》《寄李十二白二十韵》《送孔巢父谢病归游江东兼呈李白》《苏端薛复筵简薛华醉歌》，但高冷的李白基本没给回应——因为李白很忙，他的朋友有很多，每到一处，他都会呼朋引伴，然后在酩酊大醉中留下一首首脍炙人口的诗文。

他游川蜀，写下了奇崛回转的《蜀道难》，一句"蜀道之难，难于上青天"，让多少人为之胆寒；他游桃花潭（位于今安徽省宣城市泾县），写下了真挚热情的《赠汪伦》，一句"桃花潭水深千尺，不及汪伦送我情"，让后世人为友情干杯；他游齐州（今山东省济南市），写下了侠气纵横的《侠客行》，一句"十步杀一人，千里不留行"，勾起无数人的侠义情结……

从天宝四载（745年）到天宝十四载（755年），这十年间，李白神隐于史书中，《新唐书》只留下了他趁着皎洁的月光，与好友崔宗之自采石矶出发去金陵的记载。身着皇帝所赐的锦衣，华丽的服饰与简陋的扁舟显得格格不入，而李白本人却物我两忘般，沉浸在如斯月色里难以自拔……

如果李白的故事到此为止，从此淡出江湖，以山林为乐，那么这位浪漫者的人生倒还算圆满。但历史没有那么多"如果"，就像如果唐玄宗当初听了张九龄的建议，杀掉安禄山的话，也许安史之乱就不会爆发了。

天宝十四载，安史之乱爆发，天子逃往蜀地，九州沦陷，盛唐梦碎。李白举家南逃，辗转多地，直到唐肃宗至德二载（757年），五十七岁的他才在永王李璘帐下安顿下来。乱世之中，能得一份安稳，弥足珍贵，但这份工作却在日后给李白带来了牢狱之灾。

永王叛乱，是安史之乱中的一个插曲。当时负责平叛的不是别人，正是曾在天宝三载与李白、杜甫同游梁宋之地的高适。永王战败被杀，李白受到牵连，银铛入狱。不知道那时的高李二人是否有过对视，一个已经是威震一方的将军，而另一个却成了落魄的阶下囚，造化真的很弄人！

虽然永王叛乱在若干年后被定性为冤假错案，但对于已经在牢狱中吃尽苦头的李白来说，实在是太迟了。

好在李白的朋友很多，在宋若思、崔涣等人的多番营救下，原本是死罪的李白逃出生天，改判流放夜郎。

直到两年后的唐肃宗乾元二年（759 年），疲惫不堪的李白等到了大赦的消息。长久的颠沛流离，让这位诗人的浪漫情怀几近枯竭，大赦就像是久旱逢甘霖般，再度滋养了李白的豁达乐观，于是有了那首《早发白帝城》："朝辞白帝彩云间，千里江陵一日还；两岸猿声啼不住，轻舟已过万重山。"

已经五十九岁的李白，在生命的最后三年里，虽然没有了流刑的限制，但却不得不继续奔走流离，从江夏（今湖北省武汉市）到洞庭湖，然后到宣城（今安徽省宣城市），再到金陵……最终，因重病缠身，只能去投奔在当涂（今安徽省马鞍山市当涂县）做县令的族叔李阳冰。

李白到底是病死的，还是醉酒落水溺死的，已经无从得知。可能后人不希望这位浪漫了一生的诗仙以凡人的死法为他的人生画上句号，于是坊间便杜撰了后者这个死法。

那是唐代宗宝应元年（762 年）的某一夜，六十二岁的李白在当涂江上泛舟。醉意浸到骨子里的李白，举杯对月，豪饮不止，忽而看到月映江中，便伸手捞月，于是凡躯入江，月蜕而去。

我想，如果可以选的话，李白也爱极了这样的结局吧。

没有庙堂纷争，没有江湖纠葛。

有诗，有酒，有月光，那便足慰平生了。

张九龄

他是盛唐的明月
他走后，大唐开始没落

唐肃宗至德初载，被迫成为太上皇的唐玄宗李隆基早已没有了开元天子的威严圣颜，而那位"云想衣裳花想容"的杨玉环也在不久前香消玉殒于马嵬坡。

沦为孤家寡人的李隆基，带着残兵败将，仓皇逃入蜀地。惊魂甫定之后，他想起了已经辞世十六年的张九龄。满目山河破碎，到处生灵涂炭，悲从中来的李隆基遥空为张九龄的灵魂献上了迟来的挽联。

"蜀道铃声，此际念公真晚矣；曲江风度，他年卜相孰如之？"

南美洲的蝴蝶轻轻扇动翅膀，就能引发美国得克萨斯州的龙卷风。历史长河浩荡，其间也有无数个不经意的一念之差，造成了历史的"蝴蝶效应"，引发了天翻地覆的政局变化。对唐玄宗来说，张九龄就是盛唐的那只蝴蝶，一个一念可以改变历史的人物。

历史给过唐玄宗机会，但鲜少有君王能逃出"靡不有初，鲜克有终"的宿命，在阿谀奉承、纸醉金迷中，唐玄宗早已不复当年的励精图治。

《旧唐书·张九龄传》记载，张九龄曾提醒玄宗："禄山狼子野心，面有逆相，臣请因罪戮之，冀绝后患。"

而唐玄宗是怎么回答的呢？

"卿勿以王夷甫知石勒故事，误害忠良。"①

他不相信张九龄的警告，将原本已成阶下死囚的安禄山放虎归山。从那一刻起，命运的齿轮已悄然转动，盛唐的丧钟正式敲响了。

"忆昔开元全盛日，小邑犹藏万家室。"

杜甫写这首《忆昔》的时候，盛唐早已故去，山河破碎的惨烈景象，让这位忧国忧民的大诗人再次想起了如梦似幻的开元盛世。

该是何等的太平盛世，才能让亲身经历过的人念念不忘，又令后世人赞叹不已。大唐因开元盛世而熠熠生辉，而让开元盛世熠熠生辉的人里面，一定有张九龄的名字。作为开元盛世最后的名相，张九龄逝去时，正是盛唐气象达到最高峰的时候。

唐高宗咸亨四年（673年），张九龄出生于韶州（今广东省韶关市）的一个官宦世家。这个绵延了数代的大家族，从曾祖父起就活跃于岭南之地。但在门阀政治的流毒还未消除的大唐，出生在岭南这样远离权力中心的边远州郡，等待张九龄的最好安排，也不过是继续走父辈的道路。

可屈居地方做个小吏，终究不是张九龄想走的路。这位九岁就能写文、十三岁就敢上书广州刺史王方庆的少年神童，从开始读书起，

---

① 这一典故出自《晋书·石勒载记》，原文是："年十四，随邑人行贩洛阳，倚啸上东门，王衍见而异之，顾谓左右曰：'向者胡雏，吾观其声视有奇志，恐将为天下之患。'驰遣收之，会勒已去。"王衍即王夷甫，石勒是东晋十六国时期后赵的开国皇帝。"王夷甫知石勒"的故事，寓意目光犀利的智者能看出心怀异志者的心思。

就用自己的实力，一遍又一遍地告诉世人——只有长安才是他想要的天地。当王方庆读完张九龄的文章后，这个东晋名相王导的十一世孙，博学经世、熟于朝章的老臣，被眼前这位少年郎笔下的恣肆汪洋所震撼："是必致远！"

在唐朝，能得到权贵这样一句赞誉，等于拿到了仕途的入场券。年仅十三岁的张九龄在得到王方庆的勉励后，更加专心致学，于武则天长安二年（702年）进士及第。

从蛮荒烟瘴的偏远荒州，一路披荆斩棘，最终进入帝都，张九龄这个初出深山的青年才俊，被长安城的繁华所震撼，但他不知道的是，长安城里的人也被他的文章所震撼。若非书香累世的豪门世族，又怎能出如此才俊？人们都这样"想当然"，然而张九龄的及第，与家世无关，依靠的是自身的才华横溢与伯乐的慧眼识珠。

长安二年，与宋之问并称"沈宋"的大诗人沈佺期正值考功郎任上，向来观文老练的他，只一眼，便在茫茫文海中相中了张九龄的考卷。也正是由于沈佺期的举荐，张九龄很快被授予校书郎一职。

在门阀士族把持官场的大唐，没有贵人引路，科举难中；纵然金榜题名，晋升也难如登天。比如杜甫，科举落第后，客居长安十年，辗转于权贵之门，投赠干谒，却无人问津，落得一个穷困潦倒的境遇；再如李商隐，虽然二十五岁便高中进士，但一生困于牛李党争中，遭受质疑与排挤，郁郁不得志。

与那些命途多舛的读书人形成鲜明对比的是，上天似乎对张九龄格外偏爱，除了赋予他惊世才华之外，还打包附赠了一系列贵人。

无论他走到哪里，都有诸多贵人为他背书：在岭南时，有广州刺史王方庆；在长安时，有考功郎沈佺期。但和接下来要出场的贵人相比，王方庆和沈佺期又有些不够看了。

长安三年（703年），一位官员因直言得罪了武则天的面首张昌宗，被流放岭南，途经韶州时，读了张九龄的文章，赞不绝口，称其"如轻缣素练"，能"实济时用"。这是一句很高的评价，它点明了张九龄的文章朴实练达，尽是经世致用之言。正是这句评价，让张九龄名动天下，上至高官贵胄，下到乡野学子，无不知其名。这位诗坛与政坛的新星，其崛起已经势不可挡了。

有人会问，谪官而已，影响力为何如此之大？因为那人并非普通的谪官，他叫张说，当时的文宗领袖，后来的士林盟主。

生封公孤，死谥文正——这是从宋至清的文官的终极梦想。在宋仁宗赵祯之前，"文贞"这一谥号，就是文官的最高谥号（北宋时为避宋仁宗赵祯的讳，"文贞"改为"文正"）。

作为有唐一代五个获得"文贞"谥号的人（魏征、陆象先、宋璟、张说、牛僧孺）之一，张说的推荐成为张九龄日后青云直上的最大助力。英雄总是惺惺相惜，与张九龄一见如故的张说，每到一处皆盛赞张九龄的才华，以至于张九龄尚未入京，便已名动京华。

唐中宗神龙三年（707年），偏离正轨的李唐王朝终于随着两年前的"神龙政变"而重归正统，武则天退居上阳宫，太子李显成功上位。

虽然彼时的朝局仍因武氏流毒而动荡不安，但远在岭南的张九龄，已经按捺不住深埋于内心想要治国平天下的意气。就在这一年，他再度赴京参加吏部选才考试，并于才堪经邦科登第。

从唐中宗神龙元年（705年）起，到唐玄宗先天元年（712年）止，短短七年时间里，皇城内先后换了四位皇帝，政变和杀戮从未停止过。随着李隆基发动先天政变，诛杀太平公主一党，彻底执掌九州四海，最高统治集团内部的动荡才平息下来。

作为将大唐的荣耀推向极致的一代英主，李隆基在还是太子时就发现了张九龄，在他亲自主持的道牟伊吕科中，张九龄经世致用的国策给他留下了深刻的印象。盛名之下，果然无虚士。唐玄宗知道张九龄的抱负，张九龄也知道李隆基的雄心，这对让历史铭记的君臣，开始了开元盛世的伟大构想。

张九龄是个纯臣，在他的眼中，没有私情，只有社稷和苍生。从踏入玄宗一朝的庙堂那一刻开始，他就将胸中的韬略毫无保留地释放出来——只为自己所背负的缔造盛世的使命。

在百废待兴的玄宗朝初期，最需要张九龄这样充满锐意的大臣，但这样的大臣往往很难在官场站稳脚跟。仅仅四年后的唐玄宗开元四年（716年），张九龄就因被宰相姚崇参奏"封章直言，不协时宰"，而于当年秋天"拂衣告归"，放弃了他花了十四年才争取到的位列庙堂的所有尊荣。这一年，张九龄四十四岁。

四十四岁，这个年龄在唐朝已经不算年轻了。这一次辞别长安，回到岭南故里，几乎意味着张九龄再也不可能重回帝都了。带着所有人的不理解，一身孤勇的张九龄收拾好单薄的行李，无声无息地离开了。

"遥夜人何在，澄潭月里行。悠悠天宇旷，切切故乡情。"

作为唐朝诗坛的士林巨擘，向来以格调刚健的诗风著称于世的张九龄，第一次在诗作《西江夜行》中展现了不为人知的孤独与柔软。

三百多年后，北宋名臣范仲淹写出了千古名句"居庙堂之高则忧其民，处江湖之远则忧其君"，这句话既可以说是范仲淹的内心独白，也可以说是张九龄的座右铭。有一种人，生来就是救济万民的，辞官回乡的张九龄途经大庾岭梅关（位于今广东省南雄市），亲眼见到百姓因道路不通而受的疾苦，全然不顾自己已是一介布衣的现状，连上奏疏，请求朝廷拨款支援。

张九龄就是张九龄，即便人已不在庙堂，但影响力丝毫不减。很快，这个被后世称为"古代京广线"的梅岭古道就开始动工了。在施工的一年多时间里，张九龄率先垂范，与百姓同吃同睡，在山林陡峭之间劈山开路、遇水架桥，工程最终得以圆满结束。

皇图霸业转眼成空，帝王将相的故事也已是人们茶余饭后的笑谈，但张九龄主持开凿的梅岭古道，即便是千百年后，仍然惠及南北两地的百姓。佛家所说的"功德无量"，大概就是如此吧。

开元六年（718年），名满天下的张九龄奉召回京。此时的朝野上下，都不得不叹服他的才干。随着开元九年（721年）张说入相作宰，张九龄也步入了升迁的快车道。张说早就对张九龄寄予厚望，见他果然文才出众，又和自己同姓，便与他论谱叙辈，夸奖张九龄是"后出词人之冠"。依靠张说的赏识与提拔，张九龄被擢升为中书舍人内供奉。

于张九龄而言，张说是他的恩师和贵人，没有张说，也就没有他这个开元盛世最后的名相。但在初心不改的张九龄眼中，一个吏治清明、民生和乐的盛唐，远比私人情分重要得多。他并不因张说的提携而随声附和张说所有的观点，相反，他对张说的为人处世多有劝说，这其中既包含了为国揽才的公允，也包含了他对这位亦师亦友的同僚的良苦用心。

和张九龄不一样的是，张说虽然也是不可多得的相国之才，但他并非纯臣，他有着极强的私欲，贪财重利，以个人好恶为选贤任能的标准；此外，他脾气暴躁，常常当面驳斥同僚，甚至呵斥谩骂，这势必会导致他在人际关系上陷入不利局面。张说性格与处事上的缺陷，在他主持泰山封禅一事上暴露无遗。

君王已是人间至尊，对荣华富贵早已腻味的他们，更愿意追求些别的花样，比如千秋万代的歌功颂德、白日飞升的终极梦想。因此，承载了这些梦想的泰山封禅，成了皇帝们梦寐以求的目标。作为古代最高等级的帝王礼之一，泰山封禅理论上只有至圣明君才配享有。唐玄宗之前，也只有秦始皇、汉武帝、汉光武帝、唐高宗这寥寥四人实现过。

而作为开创了"万邦来朝"的开元盛世的明主，唐玄宗终于敢问鼎泰山了。为这一盛事高兴的不止皇帝李隆基本人，还有宰相张说。炮制陪同封禅的官员的名单，正好可作为他排除异己、培植亲信的手段。

一心希求吏治清明、同时担心好友日后处境的张九龄为此劝说道："官爵者，天下之公器，德望为先，劳旧次焉。若颠倒衣裳，则讥谤起矣。今登封霈泽，千载一遇。清流高品，不沐殊恩。胥吏末班，先加章绂。但恐制出之后，四方失望。今进草之际，事犹可改，唯令公审筹之，无贻后悔也。"

这段话大意是：官爵是天下的公器，应该把德高望重的人排在前面，功臣故旧排在后面。如果颠倒了顺序，天下非议便随之而来。登山封禅、广施恩泽，这是千年一遇的大喜事。如果品格高洁和官品高的人不能得到恩泽，反而让末流小吏加官晋爵，只怕这名单一出，满朝大臣都不服。现在还只是在制订草表的阶段，名单还可以更改，希望您慎重筹谋，不要日后追悔莫及。

对于张九龄的苦口婆心，张相爷只回了一句："事已决矣，悠悠之谈，何足虑也！"果然，随着随驾封禅名单的公布，朝野内外哗然、怨声载道，人们都对张说的专权而愤愤不平，就连宫中优伶都打趣这位一朝宰辅。

按照惯例，封禅之后，三公以下所有的官员都要迁升一级。张说利用职权，将本是九品芝麻官的女婿郑镒一跃提升至五品。玄宗大宴群臣时，看到青袍变绯袍②的郑镒，问他为什么得到了火箭式上升。郑镒支支吾吾，不知该如何回话，宫中优伶黄幡绰调侃道："这都是泰山的功劳啊！"于是便有了"老泰山"这个女婿对岳父的尊称。

皇帝封禅，岳父借机提拔女婿，谁能想到，"老泰山"这一满含敬仰之情的称呼，其诞生过程竟充满了讽刺。

一边是越级提拔自己人，一边是对随行的兵士只加功勋、不给赏赐，张说算是把"自私苛刻"一词发挥得淋漓尽致。泰山封禅的次年，即开元十四年（726 年）四月，张说便因宇文融、李林甫等人的弹劾而罢相，张九龄也受了牵连，改任太常少卿。同年六月，张九龄奉命祭南岳及南海，之后归省。同年秋，他回到勾心斗角戏码不断的帝都朝堂，仍被指为亲附张说而调任外官，出为冀州刺史。张九龄以"老

---

②唐朝的官员，三品以上穿紫色官服；四品、五品穿绯色官服；六品、七品穿绿色官服；八品、九品穿青色官服。

母不欲从之任所"为由，上表请辞。但玄宗深知张九龄之才，不肯放其致仕，还将张九龄的两个弟弟封为岭南的高官，在故乡照顾母亲。

面对皇帝的倚重与恩宠，张九龄只得暂时打消退休的想法。翌年三月，他改任洪州（今江西省南昌市）都督。在洪州任上，年已五十五岁的张九龄，写下了《在郡怀秋》诗二首，字里行间都透露着年迈思归的愁绪。

秋风入前林，萧瑟鸣高枝。

寂寞游子思，寤叹何人知。

官成名不立，志存岁已驰。

五十而无闻，古人深所疵。

平生去外饰，直道如不羁。

未得操割效，忽复寒暑移。

物情自古然，身退毁亦随。

悠悠沧江渚，望望白云涯。

露下霜且降，泽中草离披。

兰艾若不分，安用馨香为。

庭芜生白露，岁候感遐心。

策蹇惭远途，巢枝思故林。

小人恐致寇，终日如临深。

鱼鸟好自逸，池笼安所钦。

挂冠东都门，采厥南山岑。

议道诚愧昔，览分还惬今。

怃然忧成老，空尔白头吟。

人世间的无常，没人能猜得准。才过三年，张说便再度拜相。但宦海的沉浮，早就耗干了他的生命，开元十八年，张说病逝，终年六十四岁。临终前，他多次向唐玄宗推荐张九龄，这是他留给大唐最后的礼物。

彼时，张九龄已经五十八岁，眼见朝廷人才凋零，厌倦了官场是非的他再次萌生退意，唐玄宗几次三番挽留，才给盛唐留下了这根定海神针。

从开元十九年（731年）到开元二十四年（736年），张九龄从中书侍郎做到了知政事，他就像是一个默不作声的纤夫，用羸弱的身躯，拖着大唐这艘巨舰破浪前行，抵达盛世繁华的顶点。从河南屯田，到选贤任能，张九龄凭一己之力，弹压贪官污吏，打击门阀世家，与民休养生息，更力推玄宗将施政策略由"霸道"转为"王道"。在他的纵横捭阖之下，盛世大唐终于达到了前所未有的高度。

当所有人都沉浸在盛唐的凯歌声中时，只有张九龄始终保持着敏锐的观察力，他锐利的目光刺破帝国的繁华表象，看到了深处的隐患与积弊。唐玄宗觉得自己已经完成了帝王的使命，但张九龄却仍在为帝国的未来殚精竭虑，"此消彼长"之间，这对原本亲密无间的君臣，最终还是分道扬镳了。

开元二十五年（737年），杨玉环入宫，本就懈怠政事的唐玄宗从此沉醉温柔乡中，一代明主还是做出了"一骑红尘妃子笑"的亡国之举。张九龄还是那个先天元年一心报国的张九龄，但李隆基已经不再是那个先天元年励精图治的李隆基了。

就在这一年，难以忍受张九龄时时规劝的唐玄宗，借故将他贬黜出京。从此，张九龄彻底淡出了大唐的庙堂。这一次别后，他至死也没有再回过京城。

张九龄走后，一直被他弹压的李林甫、安禄山等人开始内外勾结，如同硕鼠般疯狂啃噬着张九龄守护了半生的盛唐。

而此时已被贬到荆州（今湖北省荆州市）的张九龄孑然一身，虽然已在千里之外，但他的目光却始终注视着那个曾经清明、如今已浑浊不堪的庙堂。望着天上的皎皎明月，张九龄吟道："海上生明月，天涯共此时。"

愿这盛唐的明月时时清朗皎洁，愿这盛唐的福泽时时泽被苍生，而我张九龄是否流落江湖，已经不重要了。

开元二十八年（740年）春，许是感到大限将至，又或是思念故土，张九龄请旨回乡扫墓祭祖。回到故土时，已经六十八岁高龄的张九龄便病转沉疴、药石无医，溘然长逝于他的生养之地。

有人说，大唐由盛转衰的转折点是安史之乱，可在我看来，应该是从张九龄被罢相开始的。这位在盛世序曲中踏入庙堂、又在盛世终章前远遁江湖的最后一位"开元名相"，早已化为天上的明月，他那君子如玉的德行、大公无私的操守，如同梅岭古道般，至今仍让后世时时感怀。

海上生明月，天涯共此时。

那是盛唐的明月，也是张九龄的天涯。他逝去后，盛唐气象也迅速黯然退去。

孟浩然

从求官到归隐

田园诗盟主的诞生，是盛唐犯下的最美错误

唐玄宗开元十八年（730 年），时值草长莺飞的烟花三月，李白风尘仆仆地赶到黄鹤楼，只为看一眼心中的偶像——当时已经名满天下的孟浩然。

开元十八年对李白和孟浩然来说，都是流年不利的。三十岁的李白满腹才华却报国无门，只能在安陆蹉跎光阴；孟浩然更不必说了，虽然已是天下人心中的田园诗派盟主，但年已四十二岁的他一直无缘功名。

尽管大半生过去了，不肯放弃的孟浩然还是决定取道广陵，另谋进入仕途的门路。于是在开元十八年的黄鹤楼上，李白为孟浩然设宴践行，无意中促成了一场彪炳文学史的伟大邂逅，天生傲骨的李白从见到孟浩然的那一刻起，便成了他的小迷弟，此生再未改变。

如果唐朝诗人也有朋友圈的话，你会看到一个非常有趣的现象。

杜甫是李白的迷弟，迷到一有空就写诗给李白。白天想李白，晚上想李白，春天到了想李白，冬天到了想李白，梦见李白想李白，送别朋友也顺便想李白。面对杜甫的热情，"高冷"的李白几乎没有回应。都说世上没有高冷的人，只是对方暖的不是你。在孟浩然面前，李白

像极了对自己热情万分的杜甫。

开元二十七年（739 年），已成诗坛巨星的李白途经襄阳，听闻偶像孟浩然归隐于此，连忙前往拜见。数年未见的两人，把酒言欢，犹胜九年前的黄鹤楼送别。酣醉淋漓的李白纵酒狂歌，挥毫写就《赠孟浩然》一诗，开头一句"吾爱孟夫子，风流天下闻"，就把自己的迷弟本色暴露无遗。

见过无数达官显贵、绝大多数时候桀骜不驯的李白，为什么会对一介布衣的孟浩然崇敬有加呢？而大半生执着于功名的孟浩然，又为什么会成为田园诗派的文宗领袖呢？

拨开历史的重重迷雾，我们就会发现：从执着求官，到归隐田园，孟浩然是盛唐无意中犯下的最美错误。

很多唐朝诗人都有隐藏技能，比如诗佛王维是音律天才，诗仙李白剑术高绝。而被后世定义为"田园诗派宗师"的孟浩然，其实也是一位史书有明确记载的用剑高手。

因为出生在一个家有累资的书香门第，孟浩然自幼文武双修，练剑和读书几乎占据了他儿时的全部时光。史书并没有明确留下孟浩然仗剑行侠的英雄事迹，但《新唐书·孟浩然传》中那一句"少好节义，喜振人患难"说明了孟浩然身上的豪侠情结。

大约是在唐中宗景龙年间，二十岁左右的孟浩然游历鹿门山（位于今湖北省襄阳市襄州区），写下了那首被后世认为奠定了孟浩然式诗风的《登鹿门山》。

> 清晓因兴来，乘流越江岘。
>
> 沙禽近初识，浦树遥莫辨。
>
> 渐至鹿门山，山明翠微浅。
>
> 岩潭多屈曲，舟楫屡回转。
>
> 昔闻庞德公，采药遂不返。
>
> 金涧饵芝术，石床卧苔藓。
>
> 纷吾感耆旧，结缆事攀践。
>
> 隐迹今尚存，高风邈已远。
>
> 白云何时去，丹桂空偃蹇。
>
> 探讨意未穷，回艇夕阳晚。

风华正茂的孟浩然借着追慕东汉名士庞德公的事迹，在字里行间表达了对田园牧歌式生活的向往。那之后的数年间，孟浩然竟真的携好友隐居鹿门山中，过了一段神仙日子。

自在逍遥是孟浩然的人生底色，也只有置身在山川田园中，孟浩然才能活成真正的自我。遗憾的是，很多事不亲身经历是不会明白的，为了明白这个道理，孟浩然花了大半生的时间。

唐玄宗先天元年（712 年），孟浩然送一同归隐的好友张子容赴京赶考，第一次感受到尽忠报国的赤忱，他内心的热血也随之被点燃。他放弃了归隐的念头，转而辞别亲族，漂泊江湖之间，只为寻一伯乐。

当时的大唐虽然以科举取士，但"投行卷"之风极为盛行。考生要在考试之前将自己的得意之作写成卷轴，投递到当朝权贵门下，由他们向主考官推荐。有大人物做背书，科举成功率会高很多。

开元五年（717年），孟浩然奔赴洞庭湖，谒见名相张说，一首《望洞庭湖赠张丞相》惊艳全场，其中一句"气蒸云梦泽，波撼岳阳城"，全无田园诗的恬静，充满了波澜壮阔的豪情。素有爱才之心的张说虽然有意提携，但朝廷的一纸调令将他派往荆州，对于孟浩然而言，近在眼前的出仕机会化为乌有。后来他虽辗转多地，见过不少大人物，但每次收获的也只有对方毫不吝惜的溢美之词，入仕为官的夙愿始终未能实现。

从先天元年离开故土至此，孟浩然已经在江湖漂泊了数年，虽然赢得世人的赞誉，却终究未能步入仕途。于是，孟浩然决定换一种更直接的方式来实现抱负。开元十五年（727年），孟浩然千里迢迢来到帝都长安，参加人生的第一场科举考试。

以孟浩然的文采，中举本应轻而易举，但命运再一次残酷地拒绝了孟浩然，并开始了长达数年的捉弄。

世人皆说长安好，置身英才汇聚、繁华如梦的帝都里，热血难凉的孟浩然挥毫写下了《长安平春》，这首诗一反孟浩然式的恬静诗风，字里行间透露着想要跻身庙堂、建功立业的雄心。

那时的孟浩然，已经三十九岁了。两鬓微霜但信心满满的他，对科举寄予厚望——但他落第了。

科场失意的孟浩然滞留于长安期间，与诗佛王维结为忘年交，更是在王维的引荐下得以见到太学百官。其间，无论是出于不满，还是炫技，为了证明自己的才情不逊于在场诸人，孟浩然一连赋诗数首，赢得满堂喝彩。

但即便文采得到当时所有人的认可又能怎样呢？无论如何自证，孟浩然就是拿不到大唐官场的准入证。这其中的原因，不仅他本人想不明白，千年之后的我们也想不明白。

为了合理化这样的落差，《新唐书·孟浩然传》中加入了一个不可考的故事。

成为公卿座上宾的孟浩然，曾在名相张说的府邸（也有说法是在王维处）偶遇唐玄宗圣驾，惊慌之下，他躲到了床板下面。不敢隐瞒床下有人的张说如实禀告了唐玄宗。

素闻孟浩然大名的唐玄宗笑着命他当场赋诗，方寸大乱的孟浩然念了一首自己的近作，结果因其中的"不才明主弃，多病故人疏"一句而惹怒天子。玄宗听后冷笑道："卿不求仕，而朕未尝弃卿，奈何诬我？"说罢，拂袖而去。

皇帝的一句话，给孟浩然的求仕之路判了死刑。

开元十七年（729年），四十一岁的孟浩然回归襄樊旧地，落寞的他流连于襄阳、洛阳，乃至吴越之间，奈何世间的山川锦绣，舒不散他心中的郁结。

无心插柳柳成荫，试图寄情山水的孟浩然在诗文方面的造诣，于流连蹉跎之间，竟愈发炉火纯青。在才俊辈出的盛唐文坛中，孟浩然已是众人推崇的泰斗，他本人虽不在庙堂，却有无数身处庙堂的拥趸。

此后数年间，孟浩然的名气越来越大，愿意相助的贵人也越来多，但心灰意冷的他最终还是放弃了入仕的机会。从开元二十二年（734年）起，孟浩然的活动范围就限于荆襄之地了。

晓看天色暮看云，春赏百花冬赏雪。一生布衣的孟浩然，就这样在读书人皆醉心功名的盛唐，活成了人们内心深处真正渴望的"诗与远方"。

孔子云，三十而立，四十而不惑，五十而知天命。我想越接近知天命的年纪，孟浩然就越明白自己真正想要的是什么。和尔虞我诈、变幻莫测的庙堂相比，寄情山水、采菊东篱的田园生活更适合自己。

而从想明白的那一刻起，孟浩然便和过往数十年的意难平和解了，更与那个怎么也不愿意给自己机会的盛唐和解了。

历史犯了一个错误，它拒绝了孟浩然入朝为官；但这是最美的错误，因为它成就了一个千载不朽的田园诗派宗师。与其说是盛唐的错误，倒不如说是盛唐的选择，因为诗意的孟浩然只能属于江湖。

弘一法师临圆寂时曾言："华枝春满，天心月圆。"当内心圆满的时候，曾经的苦闷失意，都将释怀。

诗人有诗人的死法，一生小清新的孟浩然却用一种肆意的方式与盛唐做了告别。开元二十八年（740年），大病初愈的孟浩然在南园宴请远道而来的小迷弟王昌龄。两人酒到浓处，食指大动的孟浩然不顾医嘱，大吃江鲜，随后病情急转直下，最终溘然长逝（读者千万不要模仿）。

正史中有关孟浩然的记载很少，他的形象更多的是活在同时代的其他著名人物口中。其实，史书中是否留下关于孟浩然的故事并不重要，重要的是，他的离开让当时无数文人墨客动容。

想来孟浩然若泉下有知，定会笑道："大唐，不必为我悲伤。此间事了，我已乘着洞庭湖的浩渺烟波，化身山间白鹿，没入草莽江湖中了。"

王维

状元及第的出身，受伪职的罪人
诗坛的隐者，大唐的红尘仙

唐肃宗至德二载（757年），被安史叛军攻陷的两都皇城（长安、洛阳）先后光复。

兵革灾祸虽然结束，但随之而来的，是帝国针对叛国臣子的清洗。刚刚从叛军的魔爪中被拯救出来的帝都再度被血光笼罩。

此时，在幽暗潮湿的大牢里，五十七岁的王维眼看着身边的人被一个个拉走，恐惧和羞愧在他的心头交织。

作为大唐望族——太原王氏的后人，又是唐玄宗开元九年（721年）的状元，王维却在"名士赴国难"的安史之乱中接受了安禄山的伪职，这无疑是叛国之罪。这位堪称盛唐时期"顶流"的大诗人绝望地低下了头，在黑暗中静静等待死亡的到来。

不知过了多久，随着吱呀的开门声，王维等来了朝廷对自己的判决——准予出狱，降为太子中允。死生之间走过一遭，原本万念俱灰的王维从幽深的大牢中走出，望着久违的阳光，他的神魂似乎到了另一个境界。

此后的王维虽然仍居庙堂，但内心早已放逐江湖。在一次次的寻觅之间，这位昔日的状元、曾经的死囚，逐渐活成了诗坛的隐者，也活成了大唐的红尘仙。

一

武周长安元年（701年），李唐的国祚已名存实亡十数载，天下也在女皇武则天的统治下绽放出一时的繁荣。与此同时，皇族内部的矛盾愈发无法调和。也正是在这一年，累世望族太原王氏迎来了一个新生命，他叫王维（本文采用王维出生年份为701年、进士及第的时间为721年的说法）。

王维出生的时机很好，在他天真烂漫的时候，李唐皇族先后发动了神龙政变、先天政变，重新夺回国祚正统；而当王维需要求取功名时，那个被后世称颂的开元盛世来了。

盛唐璀璨，其间的风流人物不胜枚举，但无论是什么人，与王维比起来，似乎都差些火候。

李白纵然才华横溢，但终其一生都没取得半点功名；杜甫诚然以诗铸史，但蹉跎一世，寂寂无名。可王维不一样，从他辞别故土、和弟弟王缙共赴长安的那一刻开始，他就一直是天潢贵胄、豪门世家的宠儿。

"与弟缙俱有俊才，博学多艺亦齐名，闺门友悌，多士推之。"时隔千年，无人能知王维的真实模样，但从《旧唐书》的记载来看，王维应该是一位风姿俊雅的美男子。

出身望族、当世俊才、精通音律、工于书画、当朝状元，这些标签都属于王维一人，上天对他是何等眷顾，才会将如此多的美好都汇于他一人身上。

都说人这一生，只需要将一件事做到极致就算成功，但这句话的对象是普罗大众，像王维这样的天才，是不需要这种鸡汤的。

"三十老明经，五十少进士"，这句谚语是对唐代科举制度的形象概括。进士科难度太大，所以五十岁考中进士都算年轻。让当时读书人羡慕嫉妒恨的是，二十出头的王维不仅高中进士，还是状元及第，这就是史书中会有一句"天宝间，豪英贵人虚左以迎，宁、薛诸王待若师友"的原因。

如果说开元盛世是华夏历史的皇冠，那么王维便是这顶皇冠上最璀璨的珍珠。从达官显贵到名门淑女，再到贩夫走卒，每个大唐子民都知道王维的名字。在所有人的眼中，这位诗书画三绝的状元郎一定会在大唐画卷上留下浓墨重彩的一笔。

但遗憾的是，接下来，王维开始了"高开低走"的宦海沉浮。

虽然出身名门且状元及第，但王维并没有等来一个好职位。因为被那无人可及的音乐天赋所累，王维等来的第一份工作是太乐丞。

如今大家提起王维，多半只会记得他"诗佛"的称号，只会念几首他那空灵优美的五言诗，谁又能想到，王维的"佛系"并非天生，他也曾有"百人会中身不预，五侯门前心不能"的傲然豪情，他也曾有"单车欲问边，属国过居延"的沙场情结。促使王维向往山林田园、追求内心平静的，正是他那一波三折的仕途。

木秀于林，风必摧之。像王维这般人物，无论走到哪里，都是熠熠生辉的焦点。仰慕他才华的人视他为偶像，嫉妒他才华的人视他为仇雠。也许王维只能活在无拘无束的江湖之中，一旦置身尔虞我诈的官场，便会明珠蒙尘。

太乐丞是一个管理礼乐之事的从八品上的闲职，可就是这样的小官，王维也没有当太久。唐王朝建立后，黄色被定为皇族御用色，缺乏政治敏感度的王维因为观看伶人舞黄狮子，触犯了礼制，这位新科状元还没从金榜题名的喜悦中走出来，就被贬去济州（今山东省菏泽市），仕途陷入一片黑暗。

正是大展宏图的年纪，王维却遭当头一棒，巨大的落差让这位状元诗人第一次产生了遁世的念头，他的诗风也悄然发生了改变。年少时也曾渴望建功立业，仕途不顺后，王维开始寻找避世的法门。

明代文论大家胡应麟在《文薮》中对王维的《辛夷坞》推崇备至，认为此诗为王维的入禅之作。

木末芙蓉花，山中发红萼。

涧户寂无人，纷纷开且落。

孤独盛开又寂寞凋零的，岂止是山中的芙蓉花，王维不也在波谲云诡的政治斗争中落寞得形单影只吗？

胡应麟盛赞王维的诗作读起来有"读之身世两忘，万念皆寂"的宁静之感。后世人读来尚且如此，更何况是王维本人呢？

当世间的悲欢都归于沉寂的时候，王维是否就能达到"不以物喜，不以己悲"的境界呢？

答案是不能。

置身混沌，哪能永葆清明？至少在唐玄宗天宝十四载（755年），五十五岁的王维还做不到。他犯了最严重的错误，给自己清白的人生留下了一个难以抹去的污点。

天宝十四载，安史之乱惊碎了盛唐的太平美梦。

安史叛军来势汹汹，唐玄宗李隆基丢下宗室与百官，带着他心爱的杨玉环一路向蜀地遁逃。来不及反应的官员与百姓只能在惊恐与无助中落入叛军之手。

王维很不幸地被困于长安城中，烧杀掳掠在他面前一遍遍地上演，原本处于萌芽状态的遁世想法，在这场改变中国历史的内乱中成长为参天大树。

与在混乱中被杀的官员相比，王维是幸运的，因为他的人格魅力太大了，大到只知道杀人放火的安禄山都奉他为上宾，加官晋爵不在话下。

王维怎么可能不懂得受伪职意味着什么，他用了各种手段，吃泻药、装哑巴，只为能推掉安禄山送到他面前的荣华富贵。但安禄山又怎会不知道王维的心思——我就是要给你封官，不要也得要！

是夜，皇宫台阶上的鲜血还没被擦干，安禄山就大宴群臣，命王维曾倾心调教的歌女伶人奏乐助兴。听着远处传来的熟悉音律，被囚禁在菩提寺中的王维神情恍惚，他仿佛又回到了开元盛世时的大明宫，可如今御座上的不再是风流倜傥的唐明皇，而是一个杀人如麻的魔头。

皇宫风景依旧，只是人事早已不同。王维望着远处的凝碧亭，悲从中来，写下了那首日后为他脱罪的《凝碧池》（也被称为《菩提寺私成口号》）。

万户伤心生野烟，百官何日再朝天？

秋槐叶落空宫里，凝碧池头奏管弦。

而后战局翻转，安史叛军兵败如山倒，大唐的帝都终得光复，一众伪官被斩首。王维的弟弟——刑部侍郎王缙平叛有功，请求削籍为兄赎罪；素知王维大名的唐肃宗李亨读了这首《凝碧池》后，下旨特赦了王维，仅贬为太子中允。

被俘与被赦的经历，成了他人生中最重要的转折点。天下读书人都在争先恐后地试图跃过龙门，王维这条孤傲的鱼儿却朝着相反的方向游去。

此后，王维恩宠不减，唐肃宗乾元年间又先后被升为中书舍人、给事中、尚书右丞。但这一切都与王维再无关系了。

每每下朝之后，王维便换上素服，焚香独坐，诵经静思，在万籁俱寂的沉思中寻找内心的光明。所有的悲欢都已成过往，那个身带"叛国污点"的王维，与此刻静默冥想的王维也已然不同。就在这一日日的时光流淌中，王维摒弃了名利浮华，舍却了万千烦恼，只对着空幽的陋室寂静欢喜。

世事漫随流水，算来一梦浮生。唐肃宗上元二年（761年，唐高宗一朝的上元二年为675年）七月末，一直静默冥想的王维突然睁开双眼，他望着窗外渐渐没入远山的落日，平静地让家人送来笔墨，给远在凤翔（今陕西省宝鸡市）的弟弟王缙留下一封遗书，又给几位老友写了信。

写完，远山已经吞没了夕阳，属于夜的时间开始了。

王维缓缓地合上眼，一生的荣辱在他的脑海里一一闪现，然后，一切归于寂静。

很多人都感慨，王维临终时为亲朋挚友都留下了书信，唯独对自己没有半点交代。

但我想寂静就是王维给世人，也是给自己最后的交代。

"此心光明，亦复何言。"

数百年后，王阳明以此句为人生作结，我想王维在天有灵的话，也会对这句话很满意吧。

杜甫

少年悠游，中年失意，晚年落魄
他是大唐由盛转衰的见证者

唐玄宗天宝十四载（755年）十一月，从长安匆匆赶回奉先县（今陕西省渭南市蒲城县）的诗人杜甫，刚一进门就听到了妻子绝望的哭声——他的幼子被活活饿死，没有撑到父亲归来。

风尘仆仆的杜甫一到家就目睹如此惨剧，困居长安十余年的辛酸苦楚顿时涌上心头，归来沿途所亲历的凄凉悲惨，也让他心如刀割。于是，在极度悲愤之下，杜甫写下了著名的《自京赴奉先县咏怀五百字》。

此时的大唐，就像是熟透的水果，表面的繁华已经掩盖不住内里的腐朽。从长安一路走来，杜甫看到的不是欣欣向荣的景象，而是百姓流离失所、饿殍遍野的惨状。即便秋收颇丰，贫苦百姓依然连基本的温饱都难以求得；与此形成鲜明对比的，是天潢贵胄的奢华无度、纸醉金迷，正应了那句"朱门酒肉臭，路有冻死骨"。

天宝十四载，对于大唐来说，是一个极具讽刺意味的时间点。这年十月，唐玄宗还带着心爱的杨贵妃前往骊山华清宫，十一月就爆发了安史之乱。早在安史之乱爆发前，杜甫就以他敏锐的目光，洞悉了盛世繁华下的重重危机，但一切都为时已晚。安史之乱改变了历史的走向，自那之后，大唐繁华尽褪，取而代之的，是如跗骨之蛆般纠缠李唐的藩镇割据和党争乱象。

杜甫的一生可以分为三个阶段，每个阶段就像是不同时期的大唐的缩影——如盛唐般璀璨光明的悠游少年，如中唐般颠沛流离的失意中年，如晚唐般无计可施的落魄晚年。

　　不知道大家是否听过这样一句话："李白从未老去，杜甫从未年轻。"

　　在我们的印象中，李白永远是那个举杯邀月、神采飞扬、风流不羁的谪仙人，而杜甫则永远是那个眉头紧锁、忧国忧民、为生活所迫的小老头。

　　但如果你展开杜甫的人生画卷，就会发现：三十岁以前，他的人生与"艰难苦恨"无关，诗风也与"沉郁顿挫"无关，"鲜衣怒马少年时"这句诗用在他的身上，恰如其分。

　　出生于唐玄宗先天元年（712年）的杜甫，是一个名副其实的官N代，他的先祖是晋代名将杜预；祖父杜审言是唐高宗时期的进士，也是有名的诗坛组合——"文章四友"的成员；父亲杜闲虽然才名不显，但也担任过兖州司马；而母亲则来自赫赫有名的清河崔氏。虽然《新唐书》说杜甫"少贫不自振"，但源自祖辈的名门家学赋予了杜甫异于常人的诗歌天赋，而且他自幼便好读诗书、博闻强识，小小年纪就已才名远播。

　　对于那时的杜甫而言，生活没有眼前的苟且，只有诗与远方。所以即便过了数十年，失意困顿的杜甫回想起少年时代的那些趣事，仍然倍感慰藉：他曾在三岁时看过舞剑大师公孙大娘表演浑脱舞①，少年时曾因才气，成为王公贵族的座上宾，听过宫廷歌唱家李龟年的演唱，更曾在成年后任性地说走就走，前后三次游历江湖。从吴越水乡走到齐赵平原，从齐赵平原游至梁宋之地，从少年走到青年的杜甫不仅领略了盛唐的大好河山，也在"行万里路"中写下了如《登兖州城楼》《画鹰》《房兵曹胡马》等锋芒毕露、快意潇洒的传世诗文。

在游历期间，杜甫抽空参加了一次科举考试，虽然未能上榜，但"七龄思即壮，开口咏凤凰"的他仍然在登临泰山时，作五言诗《望岳》，喊出了"会当凌绝顶，一览众山小"的疏狂豪言。

但杜甫不知道的是，这段裘马轻狂的优游岁月，竟是他人生中最后的快乐时光。发生在天宝六载（747年）的这场闹剧般的科举考试，成了他人生的转折点。

从那时起，杜甫的人生，开始走向无边无际的困顿。

二

唐代的科举非常残酷，这是众所周知的事实，而天宝六载的这场科举考试居然创造了空前绝后的"零录取"纪录，所有应考者无一例外地落榜，这背后的原因，仅仅是奸相李林甫为了谄媚唐玄宗而炮制的一场闹剧。

此时的唐玄宗已经从一代励精图治的英主，堕落成一个贪图享乐、沉迷美色的昏君，所以当李林甫告诉他"野无遗贤"、无人中举时，唐

---

① 浑脱舞原名《泼寒胡戏》，又名《苏幕遮》，起源于波斯，由龟兹传入中原。

玄宗居然欣然地接受了这一说法。一个敢说，一个敢信，如此昏君佞臣的组合，焉能不亡国？

这场闹剧给包括杜甫在内的考生们造成了严重影响，已经三十六岁的杜甫，第一次体验到从云端跌落谷底的感觉，第一次对自己的未来产生了迷惘和怀疑。科举这条路走不通，杜甫不得不放下身段，在寓居长安的十余年间奔走献赋，不断拜访各色权贵，以求博得他们的青眼，助他跻身仕途，但始终无人问津。

困守长安的十余年中，杜甫在无数次的碰壁与几近绝望的坚持之间徘徊，被困窘与不得志撕扯，这是他人生的晦暗时刻，他早已从当年那个鲜衣怒马、踌躇满志的少年郎，蹉跎成了郁郁寡欢、四处碰壁的落魄中年。

直到天宝十载（751 年）正月，抓住机会献上《三大礼赋》的杜甫才入了唐玄宗的法眼，获得了"待制集贤院"的资格。蹉跎十余载，最终也只不过获得一个"等待分配"的资格，这让杜甫内心倍感悲凉。而比这更令他难过的是，在苦等了四年以后，杜甫接到了自己的调令——从最初定的河西尉改成了负责看管兵器战甲的兵曹参军，这和他"致君尧舜上，再使风俗淳"的政治抱负相差太远。在理想与现实的巨大反差的刺激下，杜甫做了一首《官定后戏赠》来自我解嘲："不作河西尉，凄凉为折腰。老夫怕趋走，率府且逍遥。耽酒须微禄，狂歌托圣朝。故山归兴尽，回首向风飙。"

在生计面前，"不作河西尉，凄凉为折腰"的铿锵之语是苍白且无力的，杜甫最终还是接受了朝廷改授的"右卫率府胄曹参军"这一微末小官，日常工作不过是看守兵甲武器、管理门禁锁钥。但即便是获得如此微不足道的官衔，也是杜甫这十余年来唯一值得高兴的事情了。

为了让一直在家照顾老小的妻子杨氏放心，四十四岁的杜甫在同年十一月匆匆回家省亲，等待他的却是幼子饿死的噩耗。但杜甫来不及悲伤，因为那个毁掉盛唐的安史之乱也在同一时间爆发了。

大诗人白居易在《长恨歌》中所写的那句"九重城阙烟尘生，千乘万骑西南行"，正是唐玄宗在天宝十五载（756年）六月潼关失守后仓皇西逃的真实写照。此时的国家已经乱到了极致，留下来整肃兵马的太子李亨于七月在灵武（位于今宁夏回族自治区中部）自立为帝，收拢兵马，终于让兵败如山倒的唐军暂时站稳了脚跟。

而此时为了避兵祸，举家迁至鄜州（今陕西省延安市富县）的杜甫听到李亨称帝的消息后，忙不迭地在八月只身离家，直奔灵武而去。我无法想象，是什么样的信念支撑着杜甫穿越那尸横遍野、血流成河的兵灾区，这样一身"虽千万人吾往矣"的孤勇，纵然历经千载涤荡，仍令我动容。

但很不幸，杜甫没能如愿到达灵武，他被沿途的叛军所掳，和王维一起被押解到了长安城。不过令人哭笑不得的是，此时的杜甫因为仕途不顺，只混到一个连叛军都看不上眼的微末小官。身为高官的王维被严加看管，而身为小吏的杜甫得以从叛军的豺狼窝里逃出生天。

安史之乱给大唐人带来的阴影与伤痛是刻骨铭心的，遭逢大劫后将执念忘却，醉心于山水江湖，甚至寄情于佛道清修的，大有人在。同样在安史之乱中被俘的大诗人王维，即便后来仍在朝为官，他也早已不再将"经世致用"当成人生的追求，而是活成了"诗佛"。

反观杜甫，这场死里逃生的大劫并没有让他有半点退缩，即便像一只深陷暴风雨中的孤舟，他也无时无刻不在关注着战事的发展。他一边竭力抓住一切能和唐肃宗会合的机会，一边思考着击溃叛军的战略，以及战后恢复生产、轻徭薄赋的国策，于是就有了《华州郭使君进灭残寇形势图状》和《乾元元年华州试进士策问五首》。

《唐才子传》中对于杜甫有这样一句评价："甫放旷不自检，好论天下大事，高而不切也。"意思是，杜甫为人旷达，不懂得自我约束，喜欢谈论天下大事，调子过高，却不切实际。后世不少人将这段话作为贬低杜甫的依据之一，但就像是"夏虫不可语冰"一样，很多人想破脑袋，也无法理解为什么杜甫这样一个从未被朝廷重用的小官，却可以为了社稷，将个人生死置之度外。于杜甫而言，他有无数个放弃忠君报国理想的理由，也有无数个回归江湖和家庭的机会，但终其一生，他都在走一条布满荆棘的报国之路，他不是没有选择，他只是不愿选择其他的路而已。

直到唐肃宗至德二载（757年）四月，几度在生死间徘徊的杜甫，终于如愿以偿地到达唐肃宗李亨所在的凤翔。唐肃宗有感于他的忠心，授其为左拾遗。但杜甫还没来得及有所作为，就因在"疏救房琯"②事件中直言进谏而被贬华州（今陕西省渭南市华州区一带），仕宦生涯实

---

② 《新唐书·杜甫传》记载："房琯布衣时与甫善，时琯为宰相，请自帅师讨贼，帝许之。其年十月，琯兵败于陈涛斜。明年春，琯罢相。甫上疏言琯有才，不宜罢免。肃宗怒，贬琯为刺史，出甫为华州司功参军。"

质上还未开启，就被提前画上了句号。

贬谪华州后的杜甫再次陷入有言难说、有志难酬的樊笼里，他常在西溪畔的郑县亭子附近散步遣怀，并将一腔愤懑诉诸笔端。在此期间，杜甫创作了《题郑县亭子》《早秋苦热堆案相仍》《独立》《瘦马行》等名篇，字里行间充斥着他对仕途失意、世态炎凉、奸佞当道的感伤与无力。

唐肃宗乾元元年（758 年）年底，杜甫暂离华州，到洛阳、偃师（今河南省洛阳市偃师区）等地探亲。翌年三月，唐军与安史叛军的邺城（今河南省安阳市）之战爆发，唐军大败。杜甫从洛阳返回华州的途中，目睹了战争造成的生灵涂炭，他满腹悲戚地写出了流传后世的诗史——"三吏"与"三别"③。

乾元二年（759 年）夏，华州及关中大旱，杜甫写下了《夏日叹》和《夏夜叹》，忧时伤乱，哀叹国难民苦。随着政局的进一步恶化，万念俱灰的杜甫弃官入秦州（今甘肃省天水市一带），几经辗转，来到成都，投奔杜家的故交——东川节度使严武。

在严武的帮助下，一直漂泊的杜甫终于有了容身之所，他在成都浣花溪畔筑起一座草堂④，又得到了严武的推荐，先后出任节度参谋和检校工部员外郎⑤等职位，但仰人鼻息的生活又岂能高枕无忧？史料记载，严武曾与杜甫发生冲突，盛怒之下的严武甚至对杜甫动了杀心。

失去严武信任的杜甫成了人人避之唯恐不及的对象，举家赤贫的他甚至连让孩子吃一口饱饭的能力都没有，那些在他得享厚禄时结交的朋友，也与其断了书信往来。这样的日子，被他记录在《狂夫》一

---

③ 三吏：《新安吏》《石壕吏》《潼关吏》。三别：《新婚别》《垂老别》《无家别》。

④ 世称"杜甫草堂"，也称"浣花草堂"。

⑤ 故后世称其为"杜工部"。

诗中："厚禄故人书断绝，恒饥稚子色凄凉。"

屋漏偏逢连夜雨，面对自己好不容易建起的草堂被萧瑟秋风摧毁，面对啼哭不休的饥儿、重病缠身的发妻，以及垂垂老矣的自己，彻夜难眠的杜甫几乎字字带血地写下了那首著名的《茅屋为秋风所破歌》。纵然自己窘迫至此，在这首诗的最后，杜甫还是喊出了那句"安得广厦千万间，大庇天下寒士俱欢颜"。

有些人生来就不是为自己而活的，他们存在的意义只有一个——让苍生能过得好一点，至于自己的处境如何，已经不那么重要了。很明显，杜甫就是这样的人。

随着严武的去世，没了依靠的杜甫在成都待不下去了，他不得不再度漂泊。从唐代宗永泰元年（765年）到唐代宗大历三年（768年），杜甫在川渝之地辗转，最终凭借才学，得到了夔州都督柏茂林的帮助，获得了短暂而珍贵的安稳。在这里，杜甫靠着为公家代管东屯公田一百顷的差事过活，同时自己也租了一些公田，买下四十亩果园，带着帮工与家人，过着简单又幸福的农耕生活。

对于此时的杜甫而言，一个简陋的容身之所，一份微薄的薪俸，已经足够让他心满意足了。这段难能可贵的稳定生活，点燃了杜甫的创作热情，诗圣的创作达到了高峰。不到两年，就有四百三十多首诗问世，约占杜甫现存诗作的百分之三十，其中更是包括了《春夜喜雨》《蜀相》《闻官军收河南河北》等一大批脍炙人口的名篇。而在这么多的杜诗中，最值得被拿来一说的，便是那首被称为"古今七言之冠"的《登高》。

风急天高猿啸哀，渚清沙白鸟飞回。

无边落木萧萧下，不尽长江滚滚来。

万里悲秋常作客，百年多病独登台。

艰难苦恨繁霜鬓，潦倒新停浊酒杯。

　　只是，不知五十六岁时写《登高》的杜甫，有没有想起那个二十四岁时漫游齐赵旧地、写下《望岳》的自己。从"会当凌绝顶，一览众山小"到"艰难苦恨繁霜鬓，潦倒新停浊酒杯"，杜甫用尽了一生的心血，却终究没能实现"经世致用"的梦想。时间偷走了青春年华，只留下了一个垂垂老者，对着"无边落木"和"不尽长江"喟叹。

　　终于，伟大的灵魂到了和这个世界作别的时刻。

　　大历三年，思乡情切的杜甫踏上了出蜀返乡的路途。途经岳阳楼（位于今湖南省岳阳市）时，暮年的杜甫步履蹒跚地登上了神往已久的岳阳楼，他凭栏远眺，面对烟波浩渺、壮阔无垠的洞庭湖，想到了晚年漂泊无定的自己、多灾多难的国家，感慨万千，于是提笔写下了震古烁今的《登岳阳楼》。

昔闻洞庭水，今上岳阳楼。

吴楚东南坼，乾坤日夜浮。

亲朋无一字，老病有孤舟。

戎马关山北，凭轩涕泗流。

　　和从前的经历一样，时不时冒出的天灾和人祸，将杜甫朝着离故乡越来越远的地方推去，一直折腾到大历五年（770 年），杜甫都没能回到故乡。

大历五年，臧玠在潭州（包括今湖南省的大部分地区和湖北省的部分地区）作乱，杜甫又逃往衡州（今湖南省衡阳市），原本打算前往郴州（今湖南省郴州市）投靠舅父，但行至耒阳（今湖南省耒阳市）时，遇江水暴涨，只得停泊于方田驿。当地县令派人送酒肉给五天没吃东西的杜甫，不知是因为长久未进食后又突然暴饮暴食，还是因为后续几日吃了已经变质的酒肉，总之结局就是一代诗圣在一个寂静无人的冬日里，在饥寒交迫、无人问津的孤独中，溘然长逝在一艘破船上，时年五十九岁。

有人说，杜甫的死法并不符合"诗圣"该有的结局，其实杜甫即便到死，也不是一个有名气的诗人，历史给他的尊荣，多半是身后名，他在生前始终只是一个仕途不顺的落魄读书人而已。直到新乐府运动的倡导者之一元稹发现了沧海遗珠的杜甫，再到两宋时期的江西诗派将杜甫的地位抬高到一个前所未有的高度，这才有了"诗圣"的千秋美名。

而杜甫本人呢？这位一生矢志报国，却大半生困顿失意、报国无门的现实主义诗人，就是凭借这一身孤勇，强撑着走完了一生。

那么，文章的最后，我们应该对杜甫作怎样的评价呢？其实并不需要那么多伟大的头衔和空洞的吹捧，我们只需要用《唐才子传·杜甫传》中一句很中肯的话来评价就好了："数尝寇乱，挺节无所污。"

多次经历动荡，几度走过生死，杜甫也从来没有失了气节，于国于民从无亏欠。

只这一句，我想九泉之下的杜甫就可以瞑目了。

孟郊

庙堂太高，江湖太远

一个典型性大唐寒士的"囚徒人生"

唐德宗贞元十二年（796年），已经四十六岁的孟郊在第三次参加科举时榜上有名，终于圆了半生求仕的夙愿。

按照大唐新科进士可以在放榜后遍游皇城、题名雁塔的传统，已经鬓发微霜、半生凄苦的孟郊终于可以在花团锦簇中于长安城里真正留下自己的名字，这对于半辈子寂寂无名的孟郊来说，实在是有生以来最得意的一天。

孟郊自有孟郊的孤冷，苏轼曾精妙总结为"郊寒岛瘦"，言外之意是说孟郊、贾岛二人的诗风十分接近，都是简啬孤峭、晦涩凄凉，让人不忍卒读。

但贞元十二年放榜当日，喜不自胜的孟郊写下了人生最难得的一首充满亮色的诗作《登科后》。

> 昔日龌龊不足夸，今朝放荡思无涯。
>
> 春风得意马蹄疾，一日看尽长安花。

曾经的穷困潦倒都不必再提，从此以后我便得酬壮志，振翅翱翔九天。

但"一日看尽长安花"也只是一日的欢喜，接下来的人生际遇并没有像孟郊想象的那么美好，纵然得到功名，他也仍旧继续着四十六岁之前的困顿生活。带着报国的赤子之心，在命运的无常捉弄下，孟郊继续着一如从前的艰难苦恨，在一次次的希望落空中沦为毕生苦吟的诗家囚徒，故后世称其为"诗囚"。

　　孟郊的前半生，我们无迹可寻，因为无史可说；他中年方得功名，而后虽入官场，却泯然众人，从此草草残生，滚入历史的滔滔烟尘。庙堂太高，江湖太远，孟郊的故事不仅仅代表了他个人的一生，也是一个"典型性大唐寒士"的人生缩影。

　　如果有幸进入唐朝诗人的朋友圈，你会看到这样一个现象：寒门学子和仕宦子弟在考试"运气"上，真的天差地别。如柳宗元，虽然后来仕途不顺，但二十来岁就能在"五十少进士"的大唐科举中榜；而强大如"唐宋八大家"之首的韩愈，进士三次连败，博文宏词科又是三次无缘中榜，若非贵人相助，只怕在史册中也留不下太多笔墨。

　　在门阀制度的潜规则下，大唐的进士名额基本都已内定，世家子弟轻而易举便能榜上有名，寒门士子只能屡屡名落孙山。寒士中榜者寥寥，中榜后能如韩愈这般功成名就者更是凤毛麟角，而绝大多数中榜的寒门子弟，和孟郊的人生剧本一样，在庙堂和江湖之间来回徘徊，辗转一生。

　　唐玄宗天宝十载（751 年），在盛世大唐的乐声已经接近尾声之时，孟郊踩着最后的音符呱呱坠地，短短四年之后，渔阳鼙鼓动地来，惊破霓裳羽衣曲，让大唐由盛转衰的安史之乱爆发了。烽火蔽日、民不聊生构成了孟郊那一代人的童年回忆。

关于孟郊的前半生，史书不过留下寥寥数语：父亲孟庭玢不过是一名微不足道的芝麻小官，用微薄的薪俸苦苦支撑着这个一贫如洗的家庭。兵灾四起之下，父母拼尽全力也难以维持家计。从幼年起，灰暗就成了孟郊的人生主色调。

父亲的骤然辞世，让本就困顿不堪的孟家更是陷入雪上加霜的绝境，孟郊的性情变得越发孤僻，拒绝前往人多的地方，更多时候，他想做个谁也记不起来的透明人，就安静地坐在那里，按照自己的方式同世界打交道。

隋炀帝正式确立科举制度后，金榜题名成了天下读书人的至高荣耀，底层读书人更是将科举视为阶级跃迁的唯一渠道，梦想着有朝一日能鲤鱼跃龙门。即便落魄如孟家，孟母也言传身教，时时叮嘱孟郊不要荒废学业。

确切历史已经不可考了，不知从何时起，孟郊开始隐遁嵩山，两耳不闻窗外事，一心只读圣贤书，寄希望于一朝高中来扭转家庭现状。

《新唐书》评价孟郊为"性介，少谐合"，意思是孟郊性格孤僻，不善与人交往。在那个科考前考生必先入京，游说达官显贵为自己搞个人营销的潜规则下，孟郊屡次不中也就可以找到原因了。

在避世不出的那些年里，孟郊曾经历河南都畿藩镇的叛乱，见过尸横遍野、生灵涂炭的人间惨剧；也曾追随茶仙陆羽的脚步，寄情于山水田园之间，忘却几多人生忧愁；更曾浮游于中原与江南两地，在姑苏（今江苏省苏州市）与韦应物和过诗，也赏过烟雨南国的风光。

如果孟郊读过自己的人生剧本，那他一定会流连于四十一岁之前的人生，这并非因为四十一岁之前过得有多滋润，虽然清贫度日，但孟郊至少还有自由；而四十一岁之后，孟郊除了庸碌与贫寒之外，一无所有。

贞元八年（792年），四十二岁的孟郊重新回到读书应考的人生轨迹上来，他赴京参加人生中的第一次科举，然后毫无悬念地落榜了。但这次科考并非毫无收获，孟郊结识了自己的伯乐和知己——韩愈。

尽管拥有"文起八代之衰"的成就，但贞元八年时的韩愈也不过是一个考了四次才中第的新科进士。《旧唐书》这样描述韩愈和孟郊的邂逅："性孤僻寡合，韩愈见以为忘形之。"

许是同样微寒的出身，又许是相似的人生境遇（孟郊自幼丧父，韩愈也是孤儿），这两个相差十七岁的人成了莫逆之交。

韩愈懂孟郊"方全君子拙，耻学小人明"的清高气节，也懂孟郊"思逢海底人，乞取蚌中月"的壮志难酬，所以韩愈在后来的《送孟东野序》中说："大凡物不得其平而鸣。"因为孟郊一生苦吟的背后，除了有原生家庭的苦难之外，还有他对当时科举取士制度的不公的控诉与抨击。

当内心的坚守与现实的挫折相互碰撞时，孟郊的诗作也走进了奇崛冷峭的境界。

三

贞元九年（793 年），孟郊第二次科举落第，心灰意冷的他如丧家之犬般逃回故乡，除了陪伴寡母，其余时间他都一头扎进独属于他的孤冷诗界里，一遍又一遍吟诵着他的五言诗。孟郊是大才，不然后世也不会将他定为"实唐人开宋调者"之一。

连孟郊自己都想不明白为何会连考两次尽皆落榜，偏执的他在第二次落榜后写下了"死辱片时痛，生辱长年羞"（死亡只是一时的羞辱，活着却是漫长的耻辱）的过激之言。

越是渴望什么，就越无法接受自己无力拥有的现实，孟郊彻底陷入"诗囚"的宿命里，终此一生都未能走出来。

沉寂三年后，四十六岁的孟郊在母亲的催促之下，第三次踏上了赴京赶考的征途。这一年，对他推崇备至的韩愈已经当上了宣武节度使观察推官。在韩愈的影响力之下，长安城的权贵们开始认真打量起孟郊来，一个沉默无言、只知道闷头吟诗的木头。

罢了，就给他一个功名吧。

不知是哪位达官显贵大发慈悲，本已对科举绝望的孟郊终于在第三次应考时中举，几十年来的夙愿一朝得偿，孟郊内心的喜悦不言而喻。

四十六岁，这个年纪在唐朝已属中晚年了，但内心重新燃起斗志的孟郊还是满怀期待地等着朝廷给自己一个可以大展身手的官职，去完成齐家治国的梦想。

又经历了四年的蹉跎，梦想着可以大展宏图的孟郊终于等来了朝廷的任命——溧阳尉，而后虽然又参加铨选，并于贞元十八年（802年）升任为溧阳县尉，但孟郊内心的那一团火也在等待中悄然熄灭了。

用韩愈的话来讲："东野之役于江南也，有若不释然者。"

做溧阳县尉与孟郊的期望相差甚远。他的父亲孟庭玢终其一生，也不过做到了昆山县尉这样的小官。而当五十一岁的孟郊被任命为溧阳县尉时，我想他一定想到了父亲临终时的贫寒与凄凉。

早逝的父亲曾经是孟家唯一的希望，也是孟郊一生挥之不去的阴影——如果做县尉连养家糊口都做不到，那一生苦读又有何用？

（四）

心中的光明彻底归于黑暗后，孟郊成了一个尸位素餐、只知寄情山水的官员。再然后，孟郊因玩忽职守被人顶去官职，分去一半俸禄，生活愈发窘迫。

屋漏偏逢连夜雨，无常的命运还不打算就此放过他：年迈的母亲溘然离世，三个孩子接连早夭，越到晚年，命运对孟郊的折磨就越残酷。

幼年丧父，晚年丧子，一生困顿，了无所依，暮年的孟郊眼泪早已流尽，他只能凄然地望着空荡荡的破屋，吟着"病叟无子孙，独立犹束柴"的自白诗。

唐宪宗元和九年（814年），在兴元尹郑馀庆的引荐下，孟郊得到了人生中最后一个调令——兴元军参谋，试大理评事。

这是六十四岁的孟郊的最后一搏，也是他平生得到的最高官职。为此，已经久病缠身的孟郊匆忙携妻从洛阳出发，行至河南阌乡县（今河南省灵宝市）时，孟郊猝然离世，终究未能完成此生的逆袭。

孟郊去世时，身无长物，一贫如洗，身后事都是在好友韩愈等人的资助下才收场的。

年少被功名所累，蹉跎半生才在中年混得一官半职，而后一直郁郁不得志，最终寂寂无名而死。

庙堂太高，因为孟郊没有韩愈的境遇，更没有韩愈敢为天下先的胆量和气魄；江湖太远，因为孟郊没有孟浩然的豁达，更没有孟浩然悠然见南山的底气和觉悟。在庙堂与江湖的反复撕扯中，孟郊如同身陷囹圄的囚徒一般，无论在哪里，皆受桎梏，而桎梏他的，有黑暗的官场，也有他自己。

这是孟郊式的悲剧，也是一个"典型性大唐寒士"的悲剧，不知该说什么，更不知该从何说起。我们感慨于孟郊的人生多舛，为这位千年前的大诗人叹息，是因为千年后平凡但渴求成功的我们，也在走孟郊的路。

庙堂太高，江湖太远，这不仅仅是孟郊式悲剧的症结，也是我们大多数人郁郁寡欢的根源。

韩愈

从寒门孤子到百代文宗
谏天子、闯敌营
他是大唐官场的传奇

唐宪宗元和十四年（819年）初，已经五十二岁的韩愈带着仆仆风尘，背着忤逆君王的罪行，踏上了贬谪远州的道路。传颂千古的《谏迎佛骨表》虽然为他赢得了千载未绝的美名，但也险些招来杀身之祸。

彼时的韩愈已经是士林领袖，触怒龙颜后，从皇亲贵胄到文武百官，再到阡陌布衣，无一不为韩愈求情。为了不寒天下人心，心火难平的唐宪宗只得退而求其次，用一纸诏令，将韩愈赶去了八千里之外的潮州（今广东省潮州市）。

贬谪途中，韩愈在蓝田关口（位于今陕西省西安市蓝田县）一边歇息，一边等待尚未跟上的妻儿。身后是渐行渐远的帝都长安，眼前是危险重重的贬谪路途，头顶是愁云惨雾，脚下是泥泞艰难，隆冬的寒霜雨雪裹挟下，连马儿都不肯前行。韩愈望着遮天蔽日的风雪，对身旁追随他而来的侄孙韩湘吟出了那首著名的《左迁至蓝关示侄孙湘》。

一封朝奏九重天，夕贬潮州路八千。

欲为圣朝除弊事，肯将衰朽惜残年。

云横秦岭家何在，雪拥蓝关马不前。

知汝远来应有意，好收吾骨瘴江边。

生死之间走过，蹉跎大半生才博得的功名也转眼成空，但已然鬓发染霜的韩愈，内心还是那个唐德宗贞元二年（786年）初入长安的十九岁少年，矢志不渝地坚守着他的孤直。

韩愈说，"欲为圣朝除弊事，肯将衰朽惜残年"；韩愈还说，"知汝远来应有意，好收吾骨瘴江边"。因为满腔热血，所以纵然年迈，也从不微寒半分；因为一身孤勇，所以宁愿身死，也绝不退却一步。

为黎民苍生而死谏天子，为社稷安危而身闯敌营，从半世漂泊的寒门孤子，到从征平叛的百代文宗——他叫韩愈，一个让大唐官场潜规则完全失效的传奇。

北宋词宗苏轼，隔着数百载的历史风尘，为偶像韩愈做了盖棺定论式的评价："文起八代之衰，而道济天下之溺，忠犯人主之怒，而勇夺三军之帅。"这是韩愈一生成就的注脚，也是他一路坎坷走来、始终不改其志的完美诠释。

唐德宗贞元五年（789年），二十二岁的韩愈第三次科举失败，心灰意冷的他背起寒酸破旧的行李，独自回到了宣州（今安徽省宣城市）。

此时，偌大的大唐版图上，真正属于韩愈亲人范畴的，只剩下避居宣州的寡嫂郑氏了。作为一个既非世家出身、双亲又已早逝的寒门孤子，韩愈在大唐考场上三考三败并不奇怪。被门阀士族垄断的唐朝科举，早已成为豪强勋贵们用来提拔自己人的绿色通道，这也就是为什么唐朝学子们会在科举开考前，到两京之地结交权贵名士的原因，因为只有赢得贵人的青眼，才可能在科举考试中脱颖而出。

这世上的很多人，光活着就已经拼尽全力了，哪里还有余财去结交权贵呢？唐代宗大历三年（768年），韩愈降生于一个世代为官的低阶官宦家庭，最高只做到秘书郎（从六品）的父亲韩仲卿在韩愈三岁时便撒手人寰，不仅无法庇护他，也没有为他留下任何政治遗产，更将这个尚不知事的孩童完全抛掷在无常的命运之下。

父母双亡后，韩愈由兄长韩会抚养长大，日子虽然清贫，但总算有人依靠，然而这样的日子也没能持续太久。此时的唐朝早已由盛转衰，藩镇割据尾大不掉，各种势力在朝野中盘根错节、相互龃龉，政治清洗时有发生。唐代宗大历十四年（779年），受到"元载案"①的牵连，韩会被贬往邵州（今湖南省邵阳市），政治失意的他郁郁寡欢，没过多久便逝于任上。

都说人是瞬间长大的。从兄长亡故的那一刻起，再也无人为韩愈遮风避雨了。无论他愿不愿意，从那一刻起，他都成了寡嫂郑氏赖以避雨的屋檐。

三岁就成为孤儿的韩愈本就早慧，在别的孩子还需要哄才肯读书的年纪，他已在父兄治学精神的激励下，开始学习儒家经典，按照圣人的教诲，努力做一个合乎道德标准的儒生。《新唐书·韩愈传》记载道："愈自知读书，日记数千百言，比长，尽能通《六经》，百家学。"

---

① 大历十二年（777年）三月二十八日，有人举报时任宰相的元载与王缙（王维之弟）夜晚暗设斋醮，意图不轨。唐代宗早就不满元载与王缙相互亲善、大肆敛财、骄横跋扈，便命左金吾大将军吴凑到政事堂捉拿两人，元载一家随后被抄家灭族，亲信或死或贬。

从韩愈后来的文学成就和政治表现来看，他并不是一个只知道舞风弄月的文士，他笔下的文章一定出类拔萃，他文中的思想一定超凡出尘。所以，我想贞元三年（787年）第一次赴长安赶考的韩愈，一定对榜上有名充满了信心，但残酷的现实还是狠狠给他泼了一盆凉水。

屋漏偏逢连夜雨，韩愈落榜后，想去投奔的远亲韩弇也死于非命，身上钱粮耗尽的他望着眼前这座还残留着盛唐气象的帝都长安，百般思量无处说起。

人们只惊艳于韩愈日后的飞黄腾达，鲜少有人关注贞元三年到贞元五年之间的韩愈是怎么独自在异乡熬过来的。身无立锥之地，满眼人事凋零，在无人问津的三年里，他就这样咬着牙，继续准备科举，然后继续失败，三考三败，最终不得不在举步维艰的窘迫状态下回到宣州。

金鳞岂是池中物？一遇风云便化龙。贞元八年（792年），二十四岁的韩愈收拾好心情，第四次踏上了前往长安的征途。这一次，他不再是那个无人问津的穷酸书生，而是被宰相郑馀庆大加赞赏的后进才俊。坚持公平选士的郑馀庆读了韩愈文章后爱不释手，在他的强烈推荐下，韩愈的名字开始频繁地出现于士林勋贵的交流中。

三考不中，却因为当朝宰相的一句话而在第四次科考中金榜题名，这样的结果对于韩愈来说，不知道是幸事还是讽刺。很多人都拿韩愈三考不中来调侃他，但二十五岁就获得进士资格的韩愈，即便是在天才辈出的唐朝，也称得上是凤毛麟角。

大唐科举取士，竞争极其激烈，有太多人从黑发考到白头，终其一生努力都难跃龙门，难怪白居易会在唐宪宗元和元年（806年）中第时，写出"慈恩塔下题名处，十七人中最少年"这样的得意之句——要知道，雁塔题名之时，自诩为"最少年"的白居易二十九岁，比韩愈中进士时还大了四岁。

不管世人如何调侃，这位身世凄苦的年轻人，终于如愿以偿地得到了帝国的认可，一只脚踏入了大唐官僚体系中。

"进士及第"只是唐朝官场的准入券，一个唐朝进士若想在仕途上有更好的发展，等待他的还有各种各样的进阶考试（类似于公务员遴选考试），通过才有可能为前途挣得一丝光明。

这类考试，开启了韩愈第二阶段的噩梦：从贞元九年（793年）到贞元十一年（795年），他三次参加博学宏词科考试，又是三连败。在此期间，寡嫂郑氏辞世。长嫂如母，悲痛欲绝的韩愈遵循礼制，归乡守孝半年。

进士及第并没有为他博得好差事，最后一位亲人的逝去也令他心乱如麻。转眼就要三十而立的韩愈，最终放弃了博学宏词科考试，在贞元十一年第三次失败后离开了长安，前往东都洛阳。在那里，韩愈遇到了仕途中的第二位贵人——宣武节度使董晋。作为唐中期有名的文人将军，董晋对名噪四方的韩愈仰慕已久。两个伟大的灵魂相遇，势必会碰撞出不一样的火花。

从贞元十二年（796年）到贞元十五年（799年），在董晋的支持下，韩愈就任宣武节度使观察推官。唐朝的官场依然很讲究出身与门第，寒门出身的韩愈深受其害，在漫长的时间里寂寂无名，满腹才华却无处施展。淋过雨的人总想着为别人撑伞，所以当韩愈不再为生计发愁的时候，他便从"独善其身"转为"兼济天下"，李翱、张籍、孟郊、贾岛……这一个个至今仍然熠熠生辉的名字，都是因为韩愈的提携与推荐，才不至于泯然众人。但韩愈的功劳绝不仅仅是为后世拔擢了几位文坛明星，他对文坛最大的贡献，是他发起了针对当时文坛形式僵化、内容浮夸不实的骈文的古文革新运动。

韩愈崭露头角的中唐时代，恰恰是百姓最直观感受到盛唐气象褪去的阶段。那万邦来朝的帝国华章已然翻过，取而代之的，是接二连三的藩镇作乱和宦官弄权。

庙堂之外，是严重对立的两极人间：一边是权贵们"朱门酒肉臭"的醉生梦死，一边是百姓们"路有冻死骨"的饿殍遍野。和传统的儒家纲常礼教一起崩坏的，还有那本该用以教化万民，正心明理的文章。

早在韩愈之前，如陈子昂、"初唐四杰"等文坛先辈就关注到了骈文的积弊，并尝试过古文改革，但最终都草草了之，未能实质打破浮华骈文横行文坛的局面，直到韩愈的出现。

韩愈在先贤的既有思想的基础上，提出了"文以载道""文以明道"的思想，打破了既往骈文重形式、轻内容的积弊，一扫遮蔽文坛上空许久的阴郁。

随着"古文运动"的追随者越来越多，韩愈在文坛的影响力变得越来越大。贞元十七年（801年），他第四次参加吏部考试，终于通过了铨选（唐朝以科目举士，以铨选举官），被授予国子监四门博士（正七品上）之职，开始了长达二十年的宦海浮沉。

韩愈在文学上的主张是"说真话"，文如其人；进入官场后，他也一直以"游戏规则破坏者"的形象出现在所有人面前。《旧唐书·韩愈传》中有言，"愈发言真率，无所畏避，操行坚正，拙于世务"。就像是沉寂许久的一潭死水突然被骤雨打破宁静，所有人都看着这位从荒芜中走来的年轻人，用近乎拆骨为火把的壮烈举动，在中唐日益黑暗的朝局中尽力释放着光明。

破坏政治默契的人，下场都不太好。出身寒门、曾为温饱忧愁、经过七考五败才爬到如今位置上的韩愈，原应比任何人都珍惜这来之不易的官位，但荣华富贵同社稷苍生相比，又显得不值一提了。于是韩愈成了别人口中无所畏避的愣头青，成了奸佞眼中必欲除之而后快的眼中钉。

从贞元十九年（803年）到元和十年（815年），韩愈在起起落落间度过了人生本该最精彩的盛年时期：他任监察御史时，揭露京兆尹李实瞒报灾情的行径，反被诬陷，贬往连州（今广东省连州市）；他任河南县令时，想方设法阻止四大藩镇藏匿兵械，使得百姓免遭兵灾；他晋升中书舍人时，又被有心人拿住错处、恶意诽谤，而不得已转为太子右庶子……

都说"少年子弟江湖老"，但对于韩愈来说，纵然满鬓斑白，他从年轻时就流淌的热血也从不会微寒半分。元和十二年（817年），当宰相裴度准备平定藩镇之时，在所有人不敢随军出战之际，这位热血中年又走了出来，以行军司马的身份从征蔡州（今湖北省枣阳市）。

此时的藩镇节度使们已经连表面的忠诚服从也不愿维持了。就在两年前的元和十年，平卢节度使李师道为了制止朝廷平藩的议程，买凶杀人，将当朝宰相武元衡刺死于长安街头。时任副手的裴度重伤，所幸大难不死。

泱泱大唐，曾经的万国朝拜之地、衣冠礼仪之邦，居然出现地方节度使派人当街刺杀当朝宰相的骇人之事！武元衡的死，让朝中贪生

118

怕死、蝇营狗苟之辈再也不敢在用兵藩镇的问题上议论半句。

但韩愈不一样。

他接过武元衡未成的大业，义无反顾地跟着大难不死的宰相裴度从征藩镇，参与平定持续了三十多年之久的淮西之乱，最终大胜而归。

随着几个强藩被陆续剿灭，自唐玄宗执政后期起一直荼毒唐帝国近七十年的藩镇割据势力一时间表现得服服帖帖，被强行续命的唐帝国让所有人产生了盛唐归来的错觉。

但这仅仅是错觉。

创造了元和中兴的唐宪宗飘了，犯了和先祖唐玄宗一样的错误，志得意满后，沉迷享乐与炼丹。于唐宪宗而言，他觉得帝王伟业已经达成；但于韩愈而言，黎民苍生还远没有脱离苦难。

元和十四年，沉迷长生不老之道的唐宪宗遣使去凤翔迎取佛骨舍利，刚刚稳定的帝国自上而下陷入崇佛狂潮之中。"不知好歹"的韩愈于千万人中再次挺身而出，用那篇赫赫有名的《谏迎佛骨表》，劝谏宪宗正朝纲、焚佛骨，稳定江山社稷。

在《谏迎佛骨表》的最后，韩愈写道："佛如有灵，能作祸祟，凡有殃咎，宜加臣身，上天鉴临，臣不怨悔。"

"佛若有灵，有所报应，那就让一切罪愆都加诸在我韩愈一人身上吧，我绝无怨悔！"

韩愈还是那个初入长安时满心抱负的韩愈，但唐宪宗已经不是那个初登大宝时励精图治的李纯了。

即便知道眼前这个倔强的老头儿自始至终都在为李唐基业着想，前半生圣明、后半生昏聩的唐宪宗还是控制不住地想要杀之而后快，但从百官到布衣，所有人都在为韩愈求情。

"那就贬去潮州吧。"

大难不死的韩愈，来不及收拾自己那点寒酸家当，就被逼得仓皇上路，行至蓝田关口，吟出了那首著名的《左迁至蓝关示侄孙湘》。数十年修得的功名转眼成空，常人一定痛彻心扉，韩愈也痛彻心扉，但他痛的是天子昏聩、苍生蒙难。

元和十四年，韩愈刚在潮州安顿下来不久便适逢大赦，被调任袁州刺史。他每到一处，都大兴教化。袁州有以子女抵债的陋习，经历过艰辛岁月、深知民间疾苦的韩愈想方设法筹措赎金，让每个沦为家奴的孩子得以回到父母身边。

在韩愈外迁的一年多时间里，庙堂之上的斗争已经到了你死我活的地步，昏聩的唐宪宗暴毙于后宫与宦官的联合密谋之下。

这位靠宦官势力政变登基的皇帝，最终死于宦官之手；曾被他打压到销声匿迹的藩镇割据势力，也随着他的暴毙而死灰复燃。强行续命成功的大唐，重新进入了死亡倒计时。

元和十五年（820 年）冬，韩愈重返长安，并于唐穆宗长庆元年（821 年）被任命为兵部侍郎。

面对卷土重来的藩镇军阀，为了保留朝廷势力，使百姓免受兵灾之苦，已经五十五岁的韩愈于次年独率军队，向正在造反的镇州（今河北省石家庄市正定县）出发。

韩愈孤独的背影，让人们想起一个人——唐德宗兴元元年（784年）死于淮西节度使李希烈手中的颜真卿。同样是藩镇造反，同样是代替朝廷宣旨，同样是清流忠臣，同样是以一人之身深入数万敌阵——颜真卿的惨剧犹在眼前，所有人都替韩愈捏一把汗，连时任宰相的元稹也叹道"韩愈可惜"。

这是一场几乎等于送死的出征，连唐德宗都慌了神，以数道旨意，叮嘱韩愈不要深入险地。但韩愈不畏死，他接过天子让他"便宜从事"的圣旨，然后义无反顾地走入了敌阵。当造反的兵油子们看到这个年过半百的老家伙时，本想在讥笑中将他折磨致死，却又瞬间被韩愈的一身正气所折服。

穿过张弓搭箭、长刀出鞘的敌阵后，韩愈见到了被《旧唐书》描述为"凶毒好乱，无君不仁"的节度使留后[②]王廷凑。狡猾无赖的王廷凑以一句"我是被逼的"搪塞，而韩愈则毫不留情地当众撕开了王廷凑的伪装："朝廷以为你是个将才，想不到你竟和反贼同流合污！"

安史之乱后，孱弱的唐廷对于鼓动造反的藩镇，采取的多是"能怀柔就绝不动手"的策略，长时间的纵容，令藩镇的士兵们也多有恃凶自傲之意，所以当韩愈说出那句"和反贼同流合污"时，当即便有口齿伶俐的士兵抓住"反贼"二字，高声反驳韩愈道："曾经的太师王武俊（王廷凑的祖上）为了朝廷，抗击反贼朱滔，血衣犹在，我等有哪里对不起朝廷的，你居然称我们为反贼！"

这是个很难回答的问题。因为镇州兵变的实质就是造反，但想要和平解决这场兵变，作为朝廷代表的韩愈又不能说是造反。

---

② "节度使留后"是官名。藩镇强大后，各置留后，多以子侄或亲信充任。

那该怎么回答呢？

韩愈给出了完美回答。

"你们还记得先太师王武俊，那很好！自天宝年以来，如安禄山、史思明、李希烈等一众反贼如今还有子孙吗？归顺朝廷的，如田弘正、刘悟、李祐等，哪个不是深受皇恩、加官晋爵？！"

正反对比的雄辩，令气焰嚣张的造反士卒瞬间偃旗息鼓。仿佛神迹一般，原本剑拔弩张的镇州，随着书生韩愈的到来而画风突转，一场大规模兵变就在韩愈的诤言中归于平静。书生能敌百万雄兵，读完韩愈的事迹后才明白，古人诚不欺我。

镇州归来后，韩愈距离人生的终点只剩下两年光景，他从吏部侍郎做到了京兆尹，继续用他打破政治默契的"出格举动"打压藩镇势力，震慑宦官集团，像个永不妥协的战士，向所有蚕食社稷的蠹虫发起挑战。

唐穆宗长庆四年（824 年）八月，操劳一生的韩愈罕见告病，所有人都知道刚毅的韩愈一定到了病入膏肓的地步，否则如他这般为国为民的人物又怎会离开朝堂？果不其然，四个月后，韩愈辞世，临终前未留一言。

韩愈没有什么要说的了，因为他想说的话，都在他那坎坷艰难却又波澜壮阔的人生里。

三岁而孤的寒门子弟，死后被追赠礼部尚书，谥号"文"，这是韩愈留给天下寒门子弟最好的激励；三十岁以大毅力推动古文运动，最终奠定宋明理学基础，这是韩愈留给文坛最好的遗产；终年五十七岁，一生不畏强权，几度置生死于度外，这是韩愈留给大唐最好的礼物。

那么韩愈有没有给自己留下点什么？

没有，从初入江湖、初登庙堂的那一刻起，韩愈就没想过给自己留下点什么，就像他在给孟郊的那首诗里说的那样："吾愿身为云，东野变为龙。"

就让我来做后进的引路者，做帝国的牺牲者，做文坛的光复者。其他什么都不要，只要我的存在能让社稷泰然稳固、黎民免遭浩劫、文道再添华彩，那便足矣。

白居易

"李杜"之外的第三人
中唐一代无人能出其右的国际顶流偶像

唐宪宗元和十年（815年）六月三日拂晓，位列中枢的宰相武元衡和副手裴度几乎在同一时间遇袭，武元衡当场身死，裴度身负重伤。消息一出，举国哗然。

一人之下、万人之上的当朝宰辅，被人当街刺杀于帝都的街头，文武百官们面面相觑，默契地保持缄默，几乎没有人敢对此事发表看法，因为每个人都知道"乱说话"的下场一定跟武元衡一样——当街喋血，不得善终。

元和年间的唐帝国已经步入中唐阶段，藩镇割据成了帝国的心头大患，割据一方的节度使不尊中央，不奉皇命，甚至有随时"掀桌子"造反的能力。刺杀武元衡是藩镇军阀们给朝中所有削藩派人士的警告——当朝宰相尚且难逃一死，更何况其他人？

在这样的震慑下，大多数人都噤若寒蝉，就连一心想对藩镇动武、加强中央集权的唐宪宗一时都不知所措。

就在这时，有一个人一边高呼"严惩凶手，彻查真相"，一边疾步走出朝臣的队列——他正是时任太子左赞善大夫的白居易。

《新唐书》中明确记载了太子左赞善大夫的品阶和职权：一个"掌

传令，讽过失，赞礼仪，以经教授诸郡王"的正五品上的小官，一个庙堂上的"小透明"。面对当朝宰辅被人当街刺杀这一恶性事件，明堂上的衮衮诸公无人敢发一言，反而是完全可以明哲保身的边缘闲官义无反顾地站出来仗义执言。

白居易说要"彻查真相"，人们是真的"不知真相"吗？不！每个人都心知肚明，只是包括唐宪宗在内的所有人都不愿，或者应该说是不敢在当下提起。毕竟武元衡之死的真相，和帝国眼下需要忍辱维持的"平静"相比，一点也不重要。

作为打破这份"平静"的人，白居易被朝廷以"越权言事"为由贬为江表刺史；之后，权贵们又以"诗句多咏花之作，与白母看花坠井而亡之事相悖，有为人子不孝之嫌"为借口，将其加贬为江州司马。

看着白居易远去的背影，弄权者们都在笑——已经四十四岁的白居易不算年轻了，重返朝廷几乎已成奢望。但弄权者们不知道的是，未将宦海得失放在心上的白居易在远离庙堂纷争、权力倾轧的地方活出了新的自我，成为"李杜"之外的大唐诗坛第三人，更成为当时无人能出其右的国际顶流偶像。

白居易出生的唐代宗大历七年（772年），是个不太平的年岁，从出生之日起就颠沛流离的他，直到九岁时才算安顿下来，在距离父亲任职地不远的宿州符离（今安徽省宿州市）度过了余下的童年时光。

作为世代为官的小官僚家庭出身的孩子，从孩提时起，白居易就展现出了异于常人的文学天赋和刻苦劲头。还未成年就已经才名远播的他，一直都是"别人家的孩子"。

骆宾王七岁作了《咏鹅》，十六岁的白居易也写了一首流传千载并成为"儿童必背古诗"之一的《赋得古原草送别》。少年白居易正是以此诗作为自己的应考习作，得到了当时有名的"毒舌评论家"顾况的认可，后世推测二人的相见应该是在唐德宗贞元二年（786年）至贞元三年（787年）的这段时间内。

相传顾况刚看到仆人呈上的名帖时，还借着名字调侃白居易："长安米价正贵，居住不易。"但读了"野火烧不尽，春风吹又生"这两句后，连忙正色改口道："如此佳句，居天下也不是难事。"

出场就是学霸人设、又得到名士认可的白居易，毫无悬念地通过了一系列科举考试。唐德宗贞元十四年（798年），二十九岁的白居易第一次参加进士科考试，以甲等中榜，并被授予秘书省校书郎的官职。八年后的唐宪宗元和元年（806年），白居易再度应考，参加唐朝的公务员遴选考试——才识兼茂明于体用科，以策论第四等的名次再度及第，实现了自己的华丽转身。

与此同时，白居易的才名也渐渐在朝野与民间广为流传，即便是身为最高统治者的唐宪宗，也对白居易的诗文爱不释手，这使得那段时期的白居易仕途极为平顺，成了所有人眼中的大红人。从正九品下的县尉升为正五品上的太子左赞善大夫，白居易只用了短短八年时间（其间还有三年丁母忧）。

唐宪宗对白居易有知遇之恩，所以白居易在心中勉励自己，只有殚精竭虑辅佐君王，才能报得圣恩，这就是白居易宁愿惹得君王震怒也要直言进谏的原因。

从元和三年（808 年）被授予左拾遗官职开始，白居易就成了唐宪宗"全天候"的"勘正官"，他不畏皇权，仗义执言，一次次廷争面折，迫使唐宪宗在诸多失误决策实施前放弃。

在延续两千多年的传统社会中，"触怒天颜"是官僚最惧怕的四个字，因为跟在这四个字之后的，往往是"一贬再贬"，运气再差点，就是"抄家灭门"。

自古以来，谏官的下场都不会太好。即便是如唐太宗这样以"虚怀纳谏"闻名于史册的君王，也曾因魏征的直言进谏而怒不可遏，需要长孙皇后从中宽慰调停，更何况是唐宪宗呢？

白居易曾因言辞激烈而惹得唐宪宗大怒，这隐隐然为他接下来的贬谪埋下了伏笔。毕竟，动不动就触怒龙颜的臣子，即便一心为了君王社稷，也很少有皇帝能一直忍受。于是，在"武元衡案"发生后，白居易的秉公直言成了眼红者打压他的借口。在唐宪宗的默许下，白居易被贬为江州司马。

这突如其来的变故，成了白居易人生态度的转折点。被贬以前的他，以"入世为官、匡扶社稷"为己任；而被贬以后的他，思想开始倾向于出世和独善其身，锋芒渐散。

外放任职的四年，应该是白居易步入仕途后最快乐的时光，以至于即便后来重回朝廷，他也在不久后主动选择了外放，远离庙堂之上的尔虞我诈。

白居易是不幸的，因为他的政治主张得不到实现，他的坚守也得不到认可；但白居易又是幸运的，因为他的诗文成为老少皆宜的国民读物，为大唐文坛贡献出一首又一首"1000W+"的爆款诗文。

如今提起大唐诗人，李白、杜甫无疑是"顶流"，但李白在仕途上没有寸进，杜甫一生困顿潦倒，作品在生前几乎无人问津。但白居易不一样，仕途平顺为他带来了优渥的生活，"老妪能解"的诗文也让他受到大唐全民的热捧。

当时的人追捧白居易疯狂到何种地步呢？唐代笔记小说集《酉阳杂俎》中甚至留下了白居易狂热粉丝全身上下刺满白诗的记载。在那个"身体发肤受之父母"观念根深蒂固的时代，这一举动称得上"爱到癫狂"；白居易本人也在给元稹的书信《与元九书》中提到一个名为高霞寓的武官想要纳歌妓为妾，那个歌妓居然以"我会唱《长恨歌》"为由，得以抬高身价……如此种种匪夷所思的事情，都可以说明白居易诗作的影响力有多大。

白居易不仅火遍大唐，更是火出国，成为日本人最为熟知的"大唐诗王"，让几代日本天皇如痴如醉地做他的迷弟。

和白居易身处同一时代、被称为"日本平安时代三笔"之一的嵯峨天皇，是白居易的铁杆粉丝。在他的倡导下，白诗成了高雅、品味的代名词，学习白诗更是成为当时日本贵族的必修课。随后的几任日本天皇，如醍醐天皇、村上天皇等，也对白居易推崇备至，据说身为狂热粉丝的醍醐天皇甚至留下了一句"平生所爱，白氏文集七十卷是也"的名言。

白居易及其诗作的影响，不仅仅限于日本贵族，翻开日本的诸多名著，白诗的痕迹随处可见。号称"日本三大随笔"之一的《枕草子》、被称为"世界上第一部长篇小说"的《源氏物语》，这两部被并称为"日本平安时代文学双璧"的作品，都大量引用和化用了白诗——这样的文学成就，即使是诗仙李白和诗圣杜甫也无法企及。

从一腔热血、踏入官场，到四面碰壁、转身江湖，白居易的失意与落寞并非无人能懂，那个在精神上陪伴了他一生的挚友，就是元稹。

对于元稹来说，与其缠绵的红颜有很多，但知己却从来只有白居易一人。元稹将自己和白居易的情谊称为"坚如金石，爱等弟兄"，而白居易同样用"金石胶漆，未足为喻"这八个字来回应元稹。

从同榜及第那天起，元白便成了生死难离的知己。他们于青年时相识，一同入朝为官；在中年时同遭仕途不顺的坎坷，各自贬谪。但山高水远阻挡不了两人的情谊，元白隔着山海写诗唱和，你一阕，我一首，传为佳话。

越是经历得多，面对荣辱得失，便会越发淡定从容。大概也正是因为这样闲适豁达的为官处世之道，让越来越多的人喜欢上了白居易。

唐文宗李昂即位后，白居易被调回长安，升为秘书监，一跃成为三品大员，而后依旧是接连不断的升迁，但年老体弱的白居易已经开始时不时地因病暂歇，或者辞官不任。

唐文宗太和五年（831 年），元稹溘然长逝，白居易痛彻心扉，挥泪写下《祭微之文》。

呜呼微之！贞元季年，始定交分，行止通塞，靡所不同，金石胶漆，未足为喻，死生契阔者三十载，歌诗唱和者九百章，播于人间，今不复叙。至于爵禄患难之际，寤寐忧思之间，誓心同归，交感非一，布在文翰，今不重云……呜呼微之！始以诗交，终以诗诀，弦笔两绝，其今日乎？呜呼微之！三界之间，谁不生死，四海之内，谁无交朋？然以我尔之身，为终天之别，既往者已矣，未死者如何？呜呼微之！六十衰翁，灰心血泪，引酒再奠，抚棺一呼……与公缘会，岂是偶然？多生以来，几离几合，既有今别，宁无后期？公虽不归，我应继往，安有形去而影在，皮亡而毛存者乎？呜呼微之！

深受打击的白居易从此开始了缠绵病榻的生活。

"元白"这对组合的友情已经超越了时间。比自己还小七岁的元稹先自己而去，这让白居易始终难以释怀，他对元稹的思念并没有随着时间的流逝而淡去。在元稹去世后的第九年，也就是唐文宗开成五年（840年）的一个深夜，大病初愈的白居易又一次梦到了元稹。梦中的他们，又回到了青年时期，又回到了两人携手同游的那段悠然岁月。

黎明破晓，大梦恍然。

梦醒之后，六十八岁的白居易泪如雨下，悲恸之余，写下了《梦微之》，其中一句"君埋泉下泥销骨，我寄人间雪满头"，道尽了人世间的生死离别。

故人多已零落，留给白居易的时间也已然不多。唐武宗会昌二年（842年），年迈羸弱的白居易以刑部尚书之职致仕。在生命的最后岁月里，白居易中隐于洛阳的履道里宅邸，悠游度日。

元稹离去以后，与白居易同岁的刘禹锡担起了"知己"二字：知道白居易喜欢鹤，远在苏州（今江苏省苏州市）任职的刘禹锡费尽心思搞到一只，忙不迭地千里快递给白居易，深受感动的白居易纵笔写下"殷勤远来意，一只重千金"之句；知道白居易的酿酒技术极佳，刘禹锡便在鱼米之乡的江南挑选上等糯米，派人送到白府，品尝美酒后的白居易又欣然写下"惭愧故人怜寂寞，三千里外寄欢来"之句。

唐文宗开成元年（836 年），外任的刘禹锡回到洛阳，与闲居于此的白居易毗邻而居，两人纵酒狂歌、赋诗为乐，这样的日子一直持续到唐武宗会昌二年刘禹锡病故。

四

送走元稹，再送走刘禹锡，白居易的身体进入了急速衰朽阶段。

即便已是风烛残年，即便被后世误为"独善其身"，白居易还是在唐武宗会昌四年（844 年）冬季散尽家财，呼吁有能力之士共同投入到伊河龙门段的八节滩开凿工程中去。

年轻时，白居易主政杭州，力排众议，疏浚西湖；壮年时，白居易主政苏州，兢兢业业，修筑七里山塘；晚年时，白居易不顾自身的年迈体弱，又一次为"利在当下，造福后世"的民生大事奔走。

唐武宗会昌六年（846 年）八月十四，白居易在亲友的陪伴下，安然逝去。因其辉煌的为官政绩和至高的文学成就，白居易备极哀荣，朝廷追赠其为尚书右仆射（相当于宰相），赐谥"文"。

白居易生前，白氏诗文就已经名传四海，从市井老幼到番邦异族，几乎人人能吟诵《长恨歌》，连胡人都能将《琵琶行》倒背如流。听闻白居易去世的消息，唐宣宗李忱写下了《吊白居易》，在这首悼亡诗的最后，李忱这样写道。

童子解吟长恨曲，胡儿能唱琵琶篇。

文章已满行人耳，一度思卿一怆然。

那么，对于白居易来说，他想要的是什么呢？

是尚书右仆射的官职？

还是"文"的谥号？

抑或是历经千载而不朽的名声？

都不是！

白居易只有一个希望，他写在了那个开凿龙门八节石滩的寒冷冬日，在他《开龙门八节石滩诗》第二首的最后一句。

我身虽殁心长在，暗施慈悲与后人。

我的肉身终将随着时间而衰老殁去，但我的爱民之心将与天地长存；我为百姓所做的这些事，也将禁受住时间的荡涤，在我死后的百年千年中泽被后世。

如此，吾愿足矣。

元稹

从意气风发到名声扫地
原来功名利禄不过大梦一场

唐文宗开成五年（840年），盛极一时的唐帝国在所有人不甘的唏嘘中江河日下。盛唐的帷幕早已落下，步入暮年的大唐再也没有了"九天阊阖开宫殿，万国衣冠拜冕旒"的盛况。

此时的大唐文坛上，还有一人在试图力挽狂澜，他叫白居易。但这一年，白居易已经年近七十，那些曾和他一起在文坛叱咤的风流人物都已一一谢世。

就像是夜空中的最后一颗星，白居易已无能为力于人事凋敝，他也只能在帝国余晖中回味曾经的美好。

夜凉如水，记忆漏夜而出。满鬓霜白的白居易再一次梦到九年前就已辞世的好友元稹。梦中百转千回，梦醒物是人非。心中大恸的白居易提笔写下了那首著名的《梦微之》，其中一句"君埋泉下泥销骨，我寄人间雪白头"，即便隔了千载沧桑，读来仍让人悲从中来。

如今再提起元稹，很多人都说自己懂元稹，懂他那句"曾经沧海难为水，除却巫山不是云"，更懂他那些风流旧事。但仔细想来，如果元稹只是个囿于情爱的风流浪子，又怎会是白居易的刎颈之交呢？

提起元稹，如果你只聊那些风月故事，那你一定不是真的懂元稹。

抛开那些捕风捉影的桃色旧闻，当我们走进元稹的内心世界时，会清楚地看到一个意气风发的青年，从不畏强权却屡遭贬谪，到靠弄权逢迎一步步走上文臣巅峰，并最终沦为他人笑柄的全过程。

这是元稹的故事，也是"靡不有初，鲜克有终"的真实映照。

唐代宗大历十四年（779 年），元府迎来了一个新生命，时任比部郎中的元宽为孩子取名为元稹。不过，出身官宦世家的元稹没能享受到父亲的政治资源，因为在他八岁那年，元宽便撒手人寰。幼年丧父、家道中落的变故，并没有让元稹泯然众人，他的童年是在父亲留下的满屋典籍，以及堪比孟母的伟大母亲的陪伴下度过的。

被《旧唐书》称为"九岁能属文，十五两经擢第"的元稹从小就活成了"别人家的孩子"，即便父亲早逝，元稹也在母亲郑夫人的悉心教导下专心致学，将家族累世积淀的文气化入了血脉中。在读书上堪称"恐怖"的天赋，加上日以继夜的刻苦钻研，元稹能一举中第也就不奇怪了。

唐德宗贞元九年（793 年），十五岁的元稹明经及第，和刘禹锡、柳宗元、白居易等人一同中举，这届科考也因为出了好几位文坛传奇而被后世传为佳话。登科入仕是元稹一直以来的梦想，他要用科举改变自己的命运，为老迈的帝国重新焕发生机而鞠躬尽瘁。

"贞元"二字，"贞，正也；元，善也"，但对于大唐来说，这并不是一个好年号。这一时期的唐帝国天灾人祸频仍，社稷已是岌岌可危：内部，旱灾、水灾、蝗灾频发，饿殍遍野，生灵涂炭；外部，西南强敌吐蕃迎来了一位强悍的赞普——赤松德赞。

对于文恬武嬉、承平日久的盛唐来说，安史之乱来得太突然了，以致于战端一开，官军一溃千里，丢城失地。为了扭转战局，大唐不得不抽调负责河西、陇右、朔方前线的西南边军奔赴前线，抵御安史叛军。但拆东墙补西墙的后果就是，敏锐察觉到大唐西南空虚的赤松德赞抓住时机，本着"趁你病要你命"的原则，在大唐西南疯狂地攻城略地，甚至一度占领长安（763年）。

天灾频发、内乱不断、外敌入侵，帝国的掌权者们有太多棘手的事情要去处理，安排新科进士岗位这样的小事被一拖再拖。渴望建功立业的元稹只能顶着功名闲居京城，望着眼前繁华犹存的帝都，始终没办法真正融入其中。

无常向来是生命的主旋律，如何在同波谲云诡的命运作斗争时立于不败之地，这是元稹一直在思考的事情。

在经世治国的梦想还未实现前，任何懈怠都是对过往的亵渎。那之后的七八年，少年及第的元稹让自己躁动的心沉潜下去，他在浩如烟海的家学典藏中尽情遨游，为接下来难度更大、竞争更激烈的科考打下了坚实基础。

元稹不愧是元稹，让唐朝读书人考白了头的科举考试，在他这里显得简单轻松。此后数年间，元稹先后通过书判拔萃科、才识兼茂明于体用科等大唐公务员遴选考试，官职也从秘书省校书郎升到了左拾遗。至此，他终于成为可以上表面圣的官员。

每一个生活在大唐的人都或多或少有着"盛唐情结"，如元稹这样的浪漫主义者，自然也对李世民、魏征式的君臣关系神往。刚升任左拾遗的他重拾锐意，将那些蛰伏时千遍万遍思虑过的肺腑之言写成奏疏，从皇子教育讨论到西北战事，这样的发言在暮气沉沉的朝野中十分抢眼，元稹成功地引起了唐宪宗的注意，获得了被召见的机会。

也许是政治敏感度还不够，又或是不屑于随波逐流，初涉官场的元稹犯了一个致命的错误——锋芒毕露。唐宪宗确实是唐朝中后期难得的明君，但明君也不喜欢总砭刺自己的忠臣。很快，元稹遭到贬谪，从京官变成了河南县尉。

命运给元稹的打击还远不止如此，母亲的猝然离世让他深陷悲怆，元稹陷入人生的第二次沉默期。

三年守孝期满，元稹重返浊气满溢的大唐官场。那些尸位素餐的高官显贵们懒得理睬这个曾经的愣头青，他们官官相护，忙着在日益腐朽的唐帝国身躯上贪婪吮吸最后的养分。

明眼人都能看出来，唐帝国已经积重难返，任谁也无法让它重现盛唐时的光景，所有的努力只能停留在"治标"之上。于是元稹放弃了"重回盛唐"的幼稚理想，退而求其次，将精力放在了处理目光所及的黑暗与污秽上。由此，唐宪宗时代的朝廷里多了一位铁面无私、弹劾奸佞的监察御史，但凡元稹经过的地方，贪官污吏闻风丧胆，政治得以一时清明。

但好官不一定有好下场，尤其是在日趋黑暗的中唐官场。

政治的底层逻辑是平衡，对与错并不是评判的主要标准；政治也不是非黑即白，灰色才是它的底色。

这一点，元稹不懂，或者说，他懂，却不屑于同流合污。很快，元稹便为自己的锋芒毕露付出了惨重代价。

唐宪宗元和四年（809年），为母亲守孝期满的元稹刚回朝便被授予"监察御史"的官职，奉命巡查东川，震慑不臣，纠察冤案。此时的东川主官空缺，前任东川节度使严砺已于三月病故。人虽死，但余毒尚在——严砺是出了名的为官不正，在他主政东川期间，居然毫无顾忌地兼并民房农田、搜刮民脂民膏。

元稹到来后，东川大案才得以揭露，涉案官员尽数被贬斥，元稹一战成名。正准备继续大干一场的元稹还没来得及高兴，来自长安的一纸调令便中断了他的监察之路。

严砺虽死，但朝中有的是和严砺交好的人，放任元稹在外面继续查下去，一定会出现下一个"严砺"，所以心虚的权贵们十万火急地将"不守规矩"的元稹召回来，以"分务东台"为名，将他实际闲置到了东都洛阳的御史台。

对于元稹来说，在哪里都无所谓，只要还有一口气，他就要继续说下去；同样，对于盘踞在庙堂之上的蠹虫们来说，只要元稹还在，他们便如芒刺在背，他们必须寻找机会，拔除这根刺。

很快，这个机会来了。

元和五年（810年），开国功勋房玄龄之后——时任河南尹的房式做了不法之事，坐镇东都御史台的元稹行使监察百官的职权，勒令房式停职。远在长安的政敌们欣喜若狂，因为他们找到了元稹在这件事上的程序漏洞。很快，长安方面发出旨意，以"擅权"的罪名，将元稹从洛阳召回，并罚俸一个月。

罚俸事小，失节事大。这里的"节"，指的是士大夫的体面。

在回京路上发生的一件事，着实让元稹在全天下人面前折了作为士大夫的体面。

大唐没有高铁，出行全靠步行与马车。从洛阳出发，不可能在一日内抵达长安，于是元稹夜宿在一个名为"敷水驿"的驿站内，在他入住后没多久，一个名为仇士良的太监也来到敷水驿。

仇士良见没有上房了，便勒令元稹让出上房，元稹据理力争，不肯退让。言语冲突之下，随从太监刘士元对元稹大打出手，他用马鞭抽打元稹的脸，打得元稹鲜血直流、几近毁容。

《旧唐书》《新唐书》《资治通鉴》等正史对于到底是谁打的元稹说法不一，主要有两个说法：一说是刘士元所打，二说是仇士良直接动手。刘士元在史书上寂寂无名，但仇士良就不一样了。《新唐书·宦者传》对仇士良有这样一段评价："杀二王、一妃、四宰相，贪酷二十余年，亦有术自将，恩礼不衰云。"

作为中晚唐时期最为臭名昭著的大太监之一，仇士良能成为决定皇帝废立的权宦，离不开唐宪宗的扶持与默许。唐宪宗对于太监这个群体颇有好感，他本人就是在大太监俱文珍的拥立下，才得以继承皇位的；而仇士良更是在自己还是皇孙的时候就陪在身边，相较之下，喜欢直言进谏的元稹就显得很不讨喜了。

元稹被打的消息传到长安后，满朝哗然。

按照中丞王播的奏议，元稹和仇士良之间官阶并无高下，那么按照先来后到的规矩，也应该是元稹住上房。元稹的挚友白居易也上奏陈情，认为元稹为国监察，毫无私心，本就得罪了不少人，如今又被公然殴打，打人者必须受到严惩。

事实和结果都一目了然，可唐宪宗却罔顾事实，对任何有利于元稹的说辞都不屑一顾。很快，这桩事实清楚、责任明晰的"敷水驿事件"公布了最终的处理结果。

打人者仇士良、陈士元无罪；被打者元稹"少年后辈，务作威福""轻树威，失宪臣体"，贬为江陵府士曹参军。

"敷水驿事件"的处理结果一出，元稹瞬间成为众矢之的，因为政敌们都从这件事上读到了一个信息——唐宪宗讨厌元稹。

只这一点就够了！

如果之前还有人对元稹有所顾忌的话，那么现在谁都可以放开手脚、无所不用其极地打压这位秉公执法的刺头了！

公忠体国却被君王厌弃，秉公执法却被权贵构陷，放在当今的权谋剧里，这样的主角妥妥是要黑化的。

那么，受此不公对待，元稹的反应是怎样的呢？

沉默！

只有沉默！

史书没有记下元稹为自己辩白的只言片语，只留下了他此后十余年在微末小官任上的为官善举。

位列庙堂之上，元稹有匡正君王的使命；困顿州郡之间，元稹有弭盗安民的职责。管理好自己治下的一亩三分地的同时，元稹同远在千里之外、同样被贬的白居易以诗唱和，这些惊艳了时光的诗句随着二人的书信往来流传开来，一时之间，"元白"之名响彻天下。

晚唐诗人杜牧曾言："当时巴蜀江楚间泊长安中少年，递相仿效，竞作新词，自谓元和体诗。"果然，即便遭人迫害、沦入江湖，元稹依然还是那个无论在何处都熠熠生辉的人物。

四

如果元稹余下的人生都在荒凉远州，将精力都放在造福百姓和文学创作上，也许他后来的名声就不会如此不堪了。

没有人能说清元稹是从什么时候开始放弃身为士子的尊严的。

也许是在恪尽职守巡查东川、却被政敌无端构陷、赋闲东台的时候；也许是在敷水驿中被权宦仇士良当众殴打、冤屈无处诉说、反遭贬谪的时候……

十余年间的起起落落，杀死了那个一腔热血、敢以一己之力对抗权贵的元稹。从尸体上重新站起来的，是一个愿意为了上位而牺牲气节和名声的官员。

自秦汉以来，文官群体与宦官群体便有着难以调和的矛盾，二者的争斗在东汉后期、唐朝中后期、明朝中后期显得尤为突出。

唐朝宦官的破坏力是历朝历代中最强大的，因为唐朝的宦官多手握重兵，且基本都以"监军"身份出现在军中。因此在唐朝，官僚与权宦的每一次冲突，都伴随着浓重的血腥气。

最典型的例子，莫过于发生在唐文宗时期的甘露之变。

此时，那个在敷水驿暴打元稹的大太监仇士良已经权倾朝野。不满被家奴所困的唐文宗决定铤而走险，联合大臣李训、郑注，对宦官群体发起大反攻。

计划一开始进行得很顺利，唐文宗先是以雷霆手段杀了害死祖父唐宪宗的始作俑者陈弘志，又赐酒毒死了拥立父亲唐穆宗登基的宦官王守澄，最后将目光看向了实力最强的仇士良。

唐文宗大和九年（835年）十一月，文官集团以"天降甘露"为噱头，配合唐文宗引仇士良进入埋伏地点，由于参与者太过紧张，机敏过人的仇士良瞬间识破对方的计谋，在控制住唐文宗后，宦官群体率领数百禁军血洗宫城，所受牵连官民数千人，长安为之血流成河。

甘露之变发生后，宦官集团便一直牢牢地掌握着军政大权，君王的生杀废立、官员的升迁任命都能一言而定，本就混乱的大唐进入了"迫胁天子，下视宰相，陵暴朝士如草芥"的宦官专权时代，直到猛人朱温登上历史舞台，对宦官集团大肆诛杀后，这一左右大唐政局的势力才彻底退出历史舞台。

元稹和宦官之间，除了存在水火不容的政治矛盾外，还有敷水驿被当众殴打的深仇大恨，但为了能重返庙堂，元稹做出了一件让士大夫群体相当不齿的事情——交好当时监军荆南的太监崔潭峻。

唐穆宗长庆二年（822年），与元稹建立起"深厚友谊"的崔潭峻返京，他在唐穆宗面前对元稹其人、其诗大夸特夸。唐穆宗也早就从宫人口中听过元稹的诗才，于是欣然将元稹召回长安。

从踏上归途的那一刻起，元稹就站到了文官群体的对立面，士大夫们无人不知元稹与崔潭峻的关系，无不深以为耻；而宦官群体因为崔潭峻引荐元稹的缘故，对元稹相当亲厚。

长庆二年是元稹为官生涯的巅峰，虽然曾被短暂免职，但他还是靠着和宦官群体关系密切而很快被擢升，甚至一度成为宰辅级别的同中书门下平章事。只不过，当任命诏书下达时，满朝文武无不轻蔑讥讽，《旧唐书》和《新唐书》都分别用了"朝野杂然轻笑""朝野无不轻笑之"的句子来记载。

牺牲名节换来的宰辅之位自然不得长久，很快，元稹又陷入"刺杀裴度案"的疑云中，仅仅三个月后便被罢相，贬谪出京。

中晚唐时期的牛李党争，让置身其中的每一个人都身不由己。科举出身的元稹是妥妥的李党成员，但他又曾有过"献文于令狐楚"的行为，而令狐楚是牛党的代表人物。政治斗争是没有模糊地带的，像元稹这样似是而非地站队，只会被更多人所不齿。

更重要的是，牛党不会因为元稹与令狐楚的渊源而对他手下留情。事实上，令狐楚也很快就与元稹分道扬镳。甚至可以说，因为令狐楚的原因，牛党对于元稹的政治打压更加激烈了。

刚任宰辅时，元稹便被牛党大佬李逢吉陷害，说元稹意图刺杀另一位宰辅裴度，元稹为此罢相出京；等到元稹重返庙堂、刚要有所作为时，又被时任宰相的牛党灵魂人物李宗闵排挤，短短几个月后再度外放，并骤然崩殂于贬谪之所。

翻遍正史对于元稹的记载，我独爱《新唐书》中的这句话："稹始言事峭直，欲以立名，中见斥废十年，信道不坚，乃丧所守。附宦贵得宰相，居位才三月罢。晚节弥沮丧，加廉节不饰云。"

初入官场的元稹敢于坚持原则、直言进谏，但被贬十余年后，渐渐丧失初心，走上了依附权宦、晚节不保的道路。

在元稹的人生故事里，他没有像刘禹锡那样头铁了一辈子，也没有像白居易那样遭贬谪后就将身心都放逐在庙堂之外，他很想做官、很想谋事、很想有所作为，却最终沦为"靡不有初，鲜克有终"的经典案例中的人物。

作为后世的看官，当我们要像当时人一样讥讽挖苦元稹的时候，请务必想一想。

想一想那个元和初年意气风发、敢孤身挑战权贵的有志青年。

刘禹锡

流水的昏君奸臣，铁打的刘梦得
二十三年饮冰也难凉热血

唐宪宗元和十年（815年）夏初，衡阳湘水之畔，一代诗豪刘禹锡与挚友柳宗元依依惜别。此去经年，这对同榜登科、同朝为官、同力改革、最后同时被贬的至交好友，成了散落天涯的断肠离人。

千里同行之后，被贬去连州的刘禹锡，终究还是不得不与被贬去柳州（今广西壮族自治区柳州市）的柳宗元分别。已经四十四岁的刘禹锡望着同样鬓发微霜的柳宗元（同岁），心中的百般思量无处说起。

唐德宗贞元二十一年（805年）九月，仅维持了一百八十多天的永贞革新宣告失败，包括刘禹锡、柳宗元在内的改革派尽数被贬斥。

荒州放逐十年，两人又于元和九年（814年）十二月奉召回京，但不到四个月，刘柳二人再度因为刘禹锡的诗作《元和十年自朗州召至京戏赠看花诸君子》而惹怒宪宗，再遭贬谪。

又是一眼望不到头的贬谪生活，柳宗元对于被好友连累没有半点怨言，临别之际仍在谆谆嘱咐刘禹锡："直以慵疏招物议，休将文字占时名。"就是在告诫好友，不要再写诗了。

神伤的刘禹锡此时哪顾得了这个，他含泪写下《再授连州至衡阳酬柳柳州赠别》，末尾四句是："归目并随回雁尽，愁肠正遇断猿时。

桂江东过连山下，相望长吟有所思。"大意是：从此以后，你我只剩桂江之水相连，零落天涯后就再难相逢。

一语成谶，那确实是刘柳二人此生的最后一面，四年之后，柳宗元病故于柳州，而刘禹锡则继续用他的一身傲骨，对抗着他眼前所有的不公与黑暗。知世故而不世故，处江湖而远江湖，刘禹锡一直都是大唐诗坛最硬的"刺头"。

南宋词人刘克庄曾评论刘禹锡"精华老而不竭"，更称赞其诗"雄浑老苍，沉着痛快"。文如其人，一生桀骜的刘禹锡就像他笔下的诗文一样，傲骨嶙峋，无一不散发着落拓不羁的气息。

和挚友柳宗元出身极高不同的是，刘禹锡出生于小官僚家庭。似乎是为了提高身价，抑或是受当时强调门第出身的风气影响，刘禹锡为自己找了一个有据可考的老祖宗——西汉中山靖王刘胜。这个刘胜有一百多个儿子，后世的刘姓人想抬高自己的身份的话，混进他的后裔堆里最容易。这样算起来，刘禹锡和刘备还是宗亲呢！

唐玄宗天宝十四载（755年），安史之乱成了当时每一个唐朝人避不开的宿命。刘禹锡的父亲刘绪为避战火，举家迁往苏州。

安史之乱后，朝廷恢复了科举。参加唐朝的科举，除了自身要有过硬的实力外，还需要有广泛的政治资源。如果在参加科举前，你只是一个无人问津的无名学子的话，中举的概率可以说是微乎其微。上头有人罩着，于唐朝的应考者而言，是一件至关重要的事情：参加了半辈子科举都没中的李商隐，因宰相令狐绹的一句话就一朝中第；即便是有着"青楼薄幸名"的杜牧，也因有太学博士崔郾的推荐而得进士第五名，所以唐代的"投行卷"之风才如此盛行。

遵循着这样的科考潜规则，贞元六年（790年），十九岁的刘禹锡辞别双亲赴京，从此往来于长安与洛阳之间，拜访名士，结交豪杰。"未见过大世面"的他，文才堪称卓绝群伦，让长安与洛阳这两个天下人才汇聚之地的士子也自叹弗如。一时之间，两京之地都以与刘禹锡结交为荣，他的名字很快传遍士林。

大鹏一日同风起，扶摇直上九万里。命运之神此时还是非常眷顾刘禹锡的，虽然没有大士族的背景，但并未让他明珠蒙尘。从贞元九年（793年）起，如有神助的刘禹锡先后中进士、博学宏词科、吏部取士科，三科连中让他声名大噪，多少高门显贵都将他奉为上宾。

贞元十六年（800年），时任淮南节度使的杜佑，征辟贤名远播的刘禹锡入幕僚为掌书令，在任的两年时间里，刘禹锡成了杜佑的文胆，一应文书大多出自他的手笔。《旧唐书·刘禹锡传》对此记载道："禹锡精于古文，善五言诗，今体文章复多才丽。从事淮南节度使杜佑幕，典记室，尤加礼异。"

杜佑是大诗人杜牧的祖父，更是有唐一代赫赫有名的贤相。有这样的官场老前辈庇护，刘禹锡距离权力中心更进一步了。两年后，随着杜佑调任长安为官，刘禹锡也一同步入庙堂，升任监察御史。在那里，他遇到了此生的挚友——柳宗元。

官场得意，知己在旁，同朝为官，吟风弄月。都说"福兮祸所依"，一场泼天的富贵即将到来，而泼天富贵的背后，是牵连刘禹锡一生的厄运。

二

唐德宗年间的大唐，已经到了日薄西山的境地，内有权宦把持朝政，外有藩镇割据一方。贞元二十一年正月，唐德宗李适驾崩，体弱多病的唐顺宗李诵即位，本已风雨飘摇的大唐更是走到了末路。

"治世"是每个读书人梦寐以求的目标。在唐顺宗的支持下，翰林院待诏王叔文联合王伾、刘禹锡、柳宗元等改革派人士，展开了轰轰烈烈的永贞革新。

中央集权、打压权宦、限制藩镇、开源节流、废除苛政，这一系列的操作在一百八十多天的时间里先后推出，看似完美的政策，背后却带着文人对于政治的天真幻想——一个体弱多病、手无实权的皇帝，又怎么可能撼动铁板一块的利益集团呢？

接下来的事态发展得很快。贞元二十一年三月，权宦俱文珍联合党羽，逼迫唐顺宗立广陵郡王李纯为太子。同年八月，李纯登基为帝，史称唐宪宗。同年九月，参与永贞革新的所有改革派核心人物或死或贬，这场大唐自救式的改革被扼杀于萌芽期。

作为改革派的灵魂人物，王叔文惨遭杀害，而被王叔文盛赞为"有宰相器"的刘禹锡虽然死罪可免，但政治生命戛然而止，被放逐朗州（今湖南省常德市鼎城区）。

当时的朗州还是蛮荒烟瘴之地，一个长时间生活在帝都长安的高官，转眼沦落到偏远谪所，如此巨大的落差又如何受得了？

最难得的，不是置身天堂而心存光明，而是从天堂坠入炼狱后仍仰望星空，刘禹锡就是这样一位在炼狱中仰望星空的赤子。他没有因贬谪而沉沦，而是积极地融入百姓的生活中，为当地晦涩难懂的民谣重新谱曲作词，并兴办学校，教化一方百姓，振兴一方物化，真正践行了"食君之禄，忠君之事"的士子理念。

刘禹锡无论到了哪里，都舍不得放下自己的一身豪气。明明官场失意，险些人头落地，他却说："自古逢秋悲寂寥，我言秋日胜春朝。晴空一鹤排云上，便引诗情到碧霄。"

好狂的刘禹锡！

好性情的刘梦得！

前人多用秋天来抒发萧瑟之感，唯有刘禹锡这样的人物，才能写出"我言秋日胜春朝"的豪言。

这样的人物永远不会在政治斗争中屈服，但这样的人物也永远不可能在中晚唐的官场上混下去。刘禹锡的结局，早在他步入官场的那一刻就写下了——不畏强权，桀骜不驯，要么死，要么贬。

元和九年十二月，在宰相裴度的斡旋下，刘禹锡和柳宗元顺利返京，结束了十年远放的谪官生涯。十年光阴弹指老，于刘禹锡和柳宗元而言，长安城也已是物是人非了。

曾经兴风作浪的奸佞早已作古，曾经锐意进取的故旧也早已心寒。

当年的那些人，或人走茶凉，或随波逐流，所有人都被时间改变了模样，唯有刘禹锡一人没变，他还是贞元九年那个刚中进士的青年，还是那个敢嬉笑怒骂、无所顾忌的刘梦得。

"玄都观里桃千树，尽是刘郎去后栽。"

这满朝阿谀奉承的新贵，不都是在我刘禹锡被贬后才上位的吗？若我刘禹锡在，又怎会让这一众宵小盘踞庙堂？以诗为剑，以笔为刀，刘禹锡的《元和十年自郎州召至京戏赠看花诸君子》深深刺入了政敌的脊骨中！

好你个刘禹锡，十年荒州都没让你学乖，我倒要看看你还有多少个十年能蹉跎！

于是，回京不到四个月，刘禹锡、柳宗元便再度被贬出京，刘禹锡去了连州，柳宗元去了柳州。

同样的苦再吃一遍，我看你服不服？

不服！

刘禹锡昂着头，在连州用自己的诗文和政绩，一遍又一遍打着政敌的脸。这些年的放逐生活，刘禹锡除了与柳宗元和诗之外，还专心研究药草，甚至不远千里寄给挚友柳宗元服用，但这样的快乐终究还是在元和十四年（819 年）结束了。

元和十四年，刘禹锡因母丧离开连州，不久便收到了柳宗元病故于柳州的消息。十数年的贬谪未让他动容一分，挚友的离去却让他泪如雨下。刘禹锡说："千里江蓠春，故人今不见。"功名利禄都是过眼浮华，唯有柳宗元的溘然长逝，让他久久难以释怀。

一贬再贬，半世漂泊，亲朋离去，孑然一身。刘禹锡，这一回，你总该认输了吧?

没有!

我刘禹锡从来都不会认输! 纵然一身孤勇无人相伴，也要遗世独立、永不同流。

元和十五年（820 年）正月二十七日，那个害刘禹锡两度被贬的唐宪宗驾崩了。早年缔造了元和中兴、晚年沉迷礼佛的唐宪宗，将本已续命成功的大唐重新置于濒死的境地，藩镇势力再度抬头，朝野也陷入牛李党争的死循环。

这一年，四十九岁的刘禹锡调任夔州（位于今重庆市奉节县）刺史，他重复着十年前自己在朗州做的事情——为当地百姓谱写民谣，于是有了"东边日出西边雨，道是无晴却有晴"的佳句流传后世。

唐穆宗长庆四年（824 年），刘禹锡又被调任为和州（今安徽省马鞍山市和州县）刺史。在政敌的授意下，刘禹锡被逼得一次又一次地搬家，从临江的城南搬到靠河的城北，再搬到只能容下一张床的城中小屋；刘禹锡也从"面对大江观白帆，身在和州思争辩"，写到了"垂柳青青江水边，人在历阳心在京"，最后写成了当代中学生必背的《陋室铭》。

"斯是陋室，惟吾德馨。苔痕上阶绿，草色入帘青。"

你想折磨我，让我服，不可能! 我刘禹锡别的没有，唯有一身铮铮铁骨，无所畏惧！

时间会带走一切，曾经的政敌在与刘禹锡的长久对抗中老朽故去，而气力仿佛永远也使不完的刘禹锡却依然精力充沛地在任职之地大搞文教事业。

唐敬宗宝历二年（826 年），刘禹锡奉召返回东都洛阳。从初次被贬算起，已经过去二十一年了。在这二十一年里，刘禹锡极少被提拔，基本都在荒州任职，时刻遭受着政敌无所不用其极的打压。

而今庙堂上已经没有多少故人了，那些宵小之辈也已经故去，连皇帝都换了好几轮，可刘禹锡还是刘禹锡——流水的昏君奸臣，铁打的刘禹锡！纵然世事沧海桑田，在胸膛里涌动了二十三年的报国热血，也从未凉过半分。

唐文宗大和元年（827 年），刘禹锡重游玄都观。玄都观中哪里还有桃树，只剩满目菜花盛开。沉吟片刻，隔了十三年的时间，刘禹锡为那首害自己被贬连州的《元和十年自郎州召至京戏赠看花诸君子》写了续篇——《再游玄都观》："百亩庭中半是苔，桃花净尽菜花开。种桃道士归何处，前度刘郎今又来。"

人事早已凋零，刘禹锡却像一个"精力老而不竭"的战士，昂着他那孤傲的头，撑着他那佝偻的背，伴着他那孤独的背影，按照自己的方式，一步又一步地走下去，在日益黑暗的晚唐官场里燃着自己那微弱的光。

刘禹锡真的不懂那些官场之道、尔虞我诈，不懂同流合污、保全自身吗？

他什么都懂，可他偏要装不懂。知世故而不世故，处江湖而远江湖。

这样的刺头是不能留在京城的。此后十数年间，老迈的刘禹锡先后出任苏州、汝州、同州（今陕西省渭南市大荔县），每到一地，他都尽心竭力造福一方，仕途经济于他而言已经不重要了，能为民多做些实事成了他唯一的追求。

唐武宗会昌元年（841年），已经七十岁的刘禹锡回到洛阳。在人生的最后光景里，他与白居易毗邻而居，两人饮酒对诗，每日觥筹交错，与往来贤达交游，度过了人生中最后一段惬意的时光。

"二八笙歌云幕下，三千世界雪花中。"

生命最后时刻的刘禹锡一定是安详的。桀骜一生，飘零半世，在那个动荡黑暗的时代里能得一个善终，已然是万幸。

有人问，当他肉体老朽之时，他还能如当年那样一身傲气吗？这样的问题，刘禹锡早在宝历二年就回答过了。

答案在那首《酬乐天扬州初逢席上见赠》里。

当时，同席对饮的白居易感慨刘禹锡半世贬谪，发出了"亦知合被才名折，二十三年折太多"的同情与感慨。当事人刘禹锡却饮尽杯中美酒，笑着和诗："沉舟侧畔千帆过，病树前头万木春。今日听君歌一曲，暂凭杯酒长精神。"

但有美酒入喉、知己相伴，那些折磨便如刀砍东风，于我有何哉？

大丈夫当如是。

柳宗元

对孤独甘之如饴，将贬谪视为新生
既然曲高和寡，不如孤高傲世

永贞元年（805年）四月，病入膏肓的唐顺宗李诵刚登基不满三个月就被软禁于宫闱之中，太子李纯在权宦和节度使的扶持下正式监国，并于同年八月接受禅位，史称唐宪宗。

随着唐宪宗的即位，仅维持了一百八十多天的永贞革新被叫停，包括柳宗元在内的所有改革派核心人物或死或贬，零落江湖。

自古以来，政治清洗都不会点到为止，即便是对素有才名的柳宗元也是如此。永贞元年九月，柳宗元被贬邵州。同年十一月，还在赴任途中的他又接到新的贬谪令，加贬去当时还是烟瘴之地的永州（今湖南省永州市）。

曾是天子重臣，如今却成了人人唯恐避之不及的灾星。带着一家老小远走他乡的时候，傲气依旧的柳宗元面对路途的艰险，仍然处之泰然。他对孤独甘之如饴，将贬谪视为新生，既然真的曲高和寡，不如从此遗世独立。

南宋诗论大家严羽曾评价道："唐人惟子厚深得骚学。"在严羽的眼中，有唐一代真正能写出战国辞赋风韵的，只有柳宗元一人而已。上天除了给柳宗元屈原般的惊世才华之外，也给了他出淤泥而不染、遗世独立的人格操守，而这也正是柳宗元日后政治失意的症结所在。

但如果我们能回到唐宪宗元和十年（815年）的柳州，回到已经被放逐十年、年已四十三岁的柳宗元身边，再问一句："如有重头来过的机会，你还会参加那场虎头蛇尾的永贞革新吗？"

我想，即便一生光阴蹉跎，哪怕胸中壮志未酬，纵然如今鬓发染霜，清冷孤独了大半生的柳宗元也一定会毫不犹豫地说："我从未后悔！"

有的人来到这个世间，就是为了读书明理、匡扶天下，柳宗元正是这样的人。柳宗元出身官宦世家，父亲来自赫赫有名的河东柳氏，母亲来自"天下范阳第一州"的范阳卢氏。在这样的"强强联合"之下，史书对从小浸在书海中的柳宗元作出了"少精敏绝伦，为文章卓伟精致，一时辈行推仰"的评价。

北宋理学家张载曾留下震烁古今的"横渠四句"："为天地立心，为生民立命，为往圣继绝学，为万世开太平。"这是自古以来读书人的终极梦想，而在张载说出这些话之前，历史长河中已经有无数人用他们毕生的时间践行了这句话，柳宗元是其中之一。

唐代宗大历八年（773年），柳宗元出生于帝都长安，此时的大唐没有半点盛唐时的光景，有的只是无休止的藩镇互搏、权宦相争。

唐德宗建中四年（783年），十一岁的柳宗元为避"四镇之乱"，跟随母亲赶往父亲任职的夏口（今湖北省武汉市汉阳区），年幼的他曾经一度颠沛流离，居无定所。"四镇之乱"只是中唐时期的一段小插曲，从安史之乱开始的藩镇毒瘤，直到李唐灭亡都没能清除。置身于兵连祸结之中，性格静如止水的柳宗元开始了自己对治世平乱的理解。

站在云端之上的人永远也看不清庙堂之外的世界是怎样的，这就是唐朝很多诗人只能在诗中抒发匡扶天下的雄心，真的进入官场又水土不服、难有作为的原因。唐德宗贞元元年（785年），父亲柳镇调任江西，柳宗元也随父前往。宦游于满目疮痍的大唐国土，看到底层百姓的真实生活，柳宗元想要经世救国的热血被点燃了。

"苟利国家生死以，岂因祸福避趋之？"这是千年后林则徐的心声，也是柳宗元决定步入仕途的初心。

世家子弟才具备的渊博家传，配上惊才绝艳的文学天赋，从迈入考场的那一刻开始，柳宗元就注定在科举之路上一帆风顺。贞元八年（792年），二十岁的柳宗元轻而易举地获得乡贡资格，并于第二年参加了科举考试，一举进士及第，一朝闻名天下。

但科举考试对于柳宗元来说，不只是他步入官场的入场券，更是他结识了同期高中并相交一生的挚友刘禹锡的契机。

唐朝诗人中有不少感动千年的友谊，除了"君埋泉下泥销骨，我寄人间雪白头"的"元白"组合之外，还有"二十年来万事同，今朝岐路忽西东。皇恩若许归田去，晚岁当为邻舍翁"的"刘柳"组合。用现在的话来讲，就是"有一种友情，叫'柳宗元和刘禹锡'"。

在古代，刚过弱冠之年便高中进士是莫大的光荣，但对于柳宗元来说，这只不过是"常规操作"。要想成为真正的王佐之臣，他必须更加努力，通过更高难度的"公务员遴选考试"——博学宏词科。

世事难料，父亲的突然病故打断了柳宗元开挂般的科举之路，三年丁忧之后，柳宗元重返官场，得到了自己的第一份公职——秘书省校书郎（同样的官职，韩愈晚了三年才被授予）。

潜龙在渊，腾必九天。贞元十四年（798 年），二十六岁的柳宗元第一次参加博学宏词科考试便中榜，长安为之一惊。多少重臣贵胄已将柳宗元视为乘龙快婿，多少闺阁淑女也对这位名满天下的青年才俊芳心暗许。

不要因为柳宗元科举考试和博学宏词科考试都是一次性通过，就认为这两个考试很简单。最直接的对比，莫过于"唐宋八大家"之首的韩愈了。

韩愈和柳宗元同朝为官，韩愈于贞元八年进士及第，但在此之前他足足失败了三次；贞元九年起，韩愈参加博学宏词科考试，三战三败，从此断了这个念头。

不过，虽然未能通过博学宏词科，但从日后的仕途经济来看，韩愈的成就又比柳宗元高太多了。

贞元十七年（801 年），备受权贵关注的柳宗元被调任蓝田尉，两年后从地方调回中央，升为体察百官的监察御史，正式跻身唐帝国的高官阶层，由此见证了低阶官员看不到的纸醉金迷。

作为一个官员，最难得的不是有匡扶社稷的雄心壮志，而是当你同样置身既得利益阶层时，能不改初心、自我革新。刚直不阿的柳宗元开始挑战权贵，这个打破政治默契的孤勇者就像不和谐的音符，固执地发出在权贵阶层听来分外刺耳的声音。但无论是怎样的乱世，也总有一两个清醒的人，很快，柳宗元的身影进入了王伾和王叔文的眼中。

王伾和王叔文是太子李诵的东宫侍读，深得太子的信任。如果唐德宗驾崩，太子李诵即位，二王无疑是庙堂上最有权势的人，而这两个即将红得发紫的政治新星对柳宗元充满了好感。

《新唐书·柳宗元传》中记载："顺宗继位，王叔文、韦执谊用事，尤奇待宗元。与监察吕温密引禁中，与之图事。"简单来说就是，柳宗元已经被拉进了以二王为首的改革派核心圈，被委以重任。

贞元二十一年（805年），唐德宗驾崩，唐顺宗即位，"轰轰烈烈"的永贞革新开始，一场针对藩镇和权宦的改革拉开了序幕。

这一年，柳宗元三十三岁。如果永贞革新成功的话，或许可以达到强化中央集权、抑制藩镇割据、打击权宦弄权、减轻百姓负担的目的，从而延长李唐的国祚，柳宗元作为核心参与者，也可以在而立之年便建立不世功勋，实现修身、齐家、治国、平天下的人生理想。

当然，我说的是如果。

永贞革新只持续了一百八十多天，因为支持改革的唐顺宗只在位了不到半年。过于理想的目标、身体羸弱的皇帝、做法激进的队友、掌控军权的权宦、尾大不掉的藩镇，这场改革从一开始就注定了失败的结局。

永贞元年四月，权宦俱文珍等人拥立广陵郡王李纯为太子。同年七月，太子正式监国；同年八月，唐顺宗禅位于太子；同年九月，新帝即位，史称唐宪宗。

唐宪宗的上位之路充满了政治投机，为了回馈"好队友"，他初登大宝后的第一件事，便是将参与永贞革新的官员一概贬黜，不论功绩，不论发心。

作为改革派核心人物的"二王八司马"都被逐出朝廷，二王先后被迫害致死，柳宗元则先是被贬去邵州，人还在途中，就又被犹不解恨的当权者加贬到更加蛮荒的永州。

穷山恶水之间，烟瘴迷离之地，化外豺狼之所，远离庙堂、漂泊江湖的柳宗元在这穷山恶水之间开始了新的生活。你让我经世之才无处施展，那我就将你们不愿来、不敢来的永州治理成焕发中原气象的文明之地；你让我一身文韬无处宣泄，那我就以穷山恶水为题材、以教化万民为宗旨，写下一篇又一篇让人过目难忘的名作。

于是，大唐文坛"1000万+"的爆文《永州八记》出现了；于是，让老少妇孺读来秒懂的《三戒》，即《黔之驴》《临江之麋》《永某氏之鼠》出现了……

《黔之驴》说的是黔驴技穷、无计可施的故事；《临江之麋》说的是狗仗人势、自取灭亡的故事；《永某氏之鼠》说的是小人得志、必难长久的故事……

你们不是把我柳宗元贬到天涯海角之地了吗？即便是隔着千山万水，我也要用我的笔让你们如坐针毡、如芒在背、如鲠在喉，一刻不得安宁！

柳宗元有柳宗元的一身孤勇，权贵也有权贵的龌龊勾当。元和十年一月，柳宗元奉诏重返长安，同年三月又被贬去柳州，从此再也没有回到长安。

永州十年的苦难生活都熬过来了，同样是烟瘴丛生的柳州又如何呢？

此时的柳宗元已经四十三岁，妻子杨氏已在贞元十五年（799年）病故，母亲卢氏也在谪居永州龙兴寺时病逝。孑然一身的柳宗元还未卸去一身风尘，又收拾好行囊，孤独又决然地朝着柳州行去。

在柳州任职的四年中，柳宗元开荒平田，解决百姓的吃饭问题；疏河挖井，解决百姓的用水问题；废除允许贩卖人口的旧法，让百姓亲族不分离；就连其他州郡想要读书明理的人，都跋山涉水赶来柳州，求学于柳宗元。以一人而开荒域，以一人而教万民。一千多年过去了，柳宗元的印记至今仍在柳州生生不息。

虽然没有了却君王天下事，但柳宗元却用自己的方式赢得了生前身后名。

元和十四年（819年），天下大赦，在宰相裴度的极力争取下，柳宗元获得重回长安的机会，但这对于他来说已经不重要了。

元和十四年十一月初八，柳宗元病逝于柳州，他将自己的身与心都留在了柳州，我想能在临终前看到蛮荒之地的百姓已初识教化，他一定无憾无悔了吧。

很多人都说，像柳宗元这么伟大的人物，弥留之际总会留给后人些什么，但孤高了一辈子的柳宗元什么话也没留下，他的孤独曲高和寡，鲜少有人能懂；他的人生也一波三折，无处可抒胸臆。

时间重回到柳宗元还在永州的元和十年间，那个几乎不下雪的潇湘之地有一日突然飘起鹅毛大雪，雪花纷扬而下，遮天蔽日，四野银装素裹，连成一片。天地之间哪里还有人迹？唯有那江畔孤舟上静默坐着的一位老翁，垂钓着满江冬雪。

千山鸟飞绝，

万径人踪灭。

孤舟蓑笠翁，

独钓寒江雪。

这场雪是真的下过，还是只在柳宗元的心中下过，我们已经不得而知，但我偏执地认为，如果柳宗元想留话给后人，那么就都在这首《江雪》中了。

你可以以藏头诗的方式看看这首小诗，四句的第一个字连在一起，便是"千万孤独"。

一场江雪，千万孤独。我想柳宗元想说的是："纵然千万孤独，也要纯洁如雪，如垂钓老叟般遗世独立。

隔着千年的光阴，那场难得的江雪又在你我的心头静默飘落。

韦应物

从鲜衣怒马祸长安
到浪子回头成诗豪
他是中唐的注脚

　　唐玄宗开元二十五年（737 年），开元盛世就像熟透的水果般，外部果香四溢，内部却渐生腐朽。彼时的人们根本不会想到，短短十数年后的唐玄宗天宝十四载（755 年），安史之乱让繁华戛然而止，成为盛世的终章。

　　从盛唐到中唐，安史之乱惊碎了多少人的美梦，但这之中却有一位被乱世成就的诗人——韦应物。

　　提起韦应物，我们会想起他那首入选小学语文教科书的《滁州西涧》，会想起他那首情味悠远的《寄全椒山中道士》，但对于他的生平却一无所知。拨开历史的滚滚烟尘，你会看到一个远超你想象的韦应物。

　　以安史之乱为分界，前半生的韦应物高门显贵，鲜衣怒马，横行长安，无所顾忌；后半生的韦应物浪子回头，潜心读书，为官清廉，造福一方。从鲜衣怒马祸长安，到浪子回头成诗豪，和其他诗人相比，韦应物更适合当"中唐的注脚"。

一

提及李唐一朝，关陇门阀和世家大族是绕不开的话题。因为出身，多少寒门子弟即便足够优秀，也无法在庙堂上争得一席之地，所以光从出身上来讲，韦应物一出生便站在了寒门子弟一生也无法企及的终点。

《旧唐书》对于韦氏一族有过这样的描述："自唐以来，氏族之盛，无逾于韦氏。"韦氏一族人才辈出，但其中论及唐诗造诣，无人能出韦应物之右。

可是，前半生的韦应物跟唐诗没有半点关系，准确来讲，他跟"好人"都没有半点关系。

天宝十载（751年），十五岁的韦应物沾了家族的光，不用走千军万马过独木桥的科举之路，就能直接获得"编制"，成为唐玄宗的贴身侍卫。

与其说是"贴身侍卫"，不如说是陪着唐玄宗和杨贵妃日常逗笑的闲职。仗着皇帝的恩宠和家族的荫庇，年少气盛的韦应物成了长安城人尽皆知的流氓无赖。

多年以后的唐德宗建中三年（782年），已经四十七岁的韦应物在前往滁州（今安徽省滁州市）赴任的路上，遇到儿时旧友。当初烂漫逍遥的富家子，如今俱成白发苍苍的老朽客。韦翁老泪纵横，满腔的无奈与忧愤化作一首《逢杨开府》。

少事武皇帝，无赖恃恩私。

身作里中横，家藏亡命儿。

朝持樗蒲局，暮窃东邻姬。

司隶不敢捕，立在白玉墀。

骊山风雪夜，长杨羽猎时。

一字都不识，饮酒肆顽痴。

······

在这首自白诗中，韦应物历数了自己年少时的荒唐事，从横行霸道，到窝藏罪犯，从聚众赌博，到夜出偷欢，司隶都不敢捉拿他，他就这样沉迷于酒色游猎，将最美好的时光蹉跎……

鲜衣怒马少年时，多少荒唐，尽付笑谈中。如果盛世大唐还能延续下去的话，相信诗坛一定不会有韦应物的名字。当然，韦应物不应该感谢安史之乱这个灾难性的转折点，而应该感谢身处乱世却不甘沉沦的自己。

安史之乱改变了无数人的人生。

王维追求山水之乐，但长安沦陷，投降叛军、被授伪职成了他怎么也洗不掉的污点；杜甫辗转半生，安史之乱的爆发，让他毕生抱负化为泡影，仕途止于芝麻小官；对于韦应物来说，亦是如此。

到处是兵荒马乱，即便是天潢贵胄，也会转瞬沦为刀下鬼。唐玄宗"西狩"之后，负责逗趣的近侍也就没有存在的意义了。

失去"金饭碗"后，陷入困窘的韦应物平生第一次审视自己的人生。二十年轻狂转眼而过，年轻的他习惯了混吃等死的日子，但当叛军铁骑震碎长安繁华后，韦应物才发现，自己原来只是一个一无所长、百无一用的废物而已。

从天堂坠入地狱后，人很容易走极端，要么从此一蹶不振，再无东山再起之念；要么痛定思痛，开启新的人生探索。

《史记·滑稽列传》中曾言，"不飞则已，一飞冲天；不鸣则已，一鸣惊人"。从"一字都不识，饮酒肆顽痴"到白居易赞誉其诗"才丽之外，颇近兴讽"这一点来看，韦应物显然是沉寂则已、一朝青云直上的神鸟，凡鸟岂能匹敌？

自唐肃宗乾元元年（758年）开始，那个横霸长安城街头巷陌的无赖韦应物不见了，取而代之的，是二十三岁才开始矢志勤学、浪子回头的韦书生。史书对于韦应物是如何痛改前非的并没有着墨，但韦应物显然是一个不可多得的读书种子，当他真正将心交给圣贤书的时候，那些潜藏于他灵魂深处的才华便喷薄而出。

在日复一日"焚香扫地而坐"的苦读中，韦应物完成了人生的破茧，靠着自己的才能被君王赏识，重归大唐庙堂。从二十三岁幡然醒悟，到二十七岁出任洛阳丞，仅仅四年时间，韦应物就脱胎换骨，成了造福一方的官员。

任谁也想不到，曾经欺男窃女的地痞，如今居然也成了主持公道、为民请命的清官。世人惊叹于韦应物的转变，但他自己却还在为蹉跎年少时光而懊恼自责，更在担心自己才干不足的惶恐中度日。

从唐代宗广德二年（764年）起，到唐德宗贞元七年（791年）为止，近三十年的官场浮沉里，韦应物更多时间是在做外放的地方官，也正是在一次次的外调中，韦应物看到了掌权者看不到的民生疾苦。

从盛唐到中唐，没有人比韦应物更深切感受到其中的落差；从天子近侍到外放官员，没有人比韦应物更清楚了解帝国的沉疴。当自身的悲欢荣辱与家国的治乱兴衰融合在一起时，韦应物成了百姓爱戴的清官与拥趸众多的诗豪。

韦应物的诗没有被富贵气污染，更没有受到宫廷风的限制，他笔下的对象通常以空灵山水和惬意田园为主，还在咏物诗上造诣颇高、自成一派。早在韦应物尚未成名之时，中唐诗坛领袖白居易就在《与元九书》中盛赞韦诗"高雅闲淡，自成一家之体"，甚至写道"今之秉笔者谁能及之？然当苏州在时，人亦未甚爱重，必待身后，人始贵之"，认定韦应物的诗文，后世必然推崇备至。

不仅仅是白居易，就连视白居易为偶像的苏轼也感慨道："乐天长短三千首，独爱韦郎五字诗。"由此足见韦应物的诗文造诣有多高了。

从七品的京兆府功曹做起，韦应物一路做到了从三品的苏州刺史，在此期间，他勤政爱民、廉洁奉公，离任后也让无数百姓对这位浪子回头的好官念念不忘。即便已经载誉满满、所到之处无不被百姓称颂，晚年的韦应物仍在给友人的信笺中感慨自己才不配位，有愧百姓："身多疾病思田里，邑有流亡愧俸钱。"

四

大唐文人墨客无数，但论及写雨景色，韦应物必然榜上有名。如果一定要给大唐的春雨一个名字的话，我认为《滁州西涧》最为合适。

"春潮带雨晚来急，野渡无人舟自横。"似乎什么都未着墨，但千百年前的那一场急来的春雨，仿佛能穿越历史的混沌，簌簌地打在我的脸上。隔着密集如织的雨幕，我看到溪涧边，韦应物正撑着纸伞，看着水中的小船默然发呆。

几年前，宋代诗人蒲寿宬的诗作《又题纯阳洞》在网上大火，人们最为追捧的"我有一壶酒，足以慰风尘"，其实也是化用了韦应物的"我有一瓢酒，可以慰风尘"。

千载悠悠，韦应物早已随着那场春雨长眠。就着一壶美酒，我们细细品读韦应物留下的诗文。随着美酒入喉，那些如画的诗文便在我们眼前重现了。

这一刻，我们也在此天此地中与韦应物相逢，与他浅浅抿上一口美酒，道一句，久违了。

李贺

离骚遗韵，长吉鬼才
燃尽二十七载韶华
化身大唐诗坛的九霄宫阙

唐宪宗元和五年（810年）冬，在积毁销骨的流言中，二十一岁的李贺最终忍痛放弃参加科举的宝贵机会，在竞争对手得逞的冷笑中回到了故乡昌谷（今河南省洛阳市宜阳县）。

李贺的离开让不少人都松了一口气，因为他们知道，这位刚刚以一篇《河南府试十二月乐词并闰月》技压群雄的学霸，如同深渊游龙般，一旦腾云而起，便可遨游九天。有这条飞龙在，他们只能做虾兵蟹将。

李唐国祚二百八十九年，科举开科二百六十四次，最终及第的进士不到七千人。在这样残酷的报录比之下，当考生们发现同行者中有李贺时，心中的胆怯更是骤增了许多。

因为他是李贺，是那个七岁就能以诗作《高轩过》折服文宗盟主韩愈、十五岁就能与诗人李益双雄并称的少年郎，没有人会蠢到怀疑李贺的实力。对于寻常人来说，二十一岁便获得参加科举的资格，这本身就是可以夸耀的谈资；而这对于李贺来说，不过是"按部就班"而已。

既然注定在考场上斗不过他，那就在其他地方给他找找麻烦。于是，"李贺为了科举功名，不惜侮辱生父"的流言甚嚣尘上。

在奉行"避讳"的古代社会里，天潢贵胄的名讳、父母尊亲的表字，都是不能被提起的，关于这一点，《红楼梦》中就有所表现：林黛玉的母亲名叫贾敏，所以林黛玉遇到"敏"字时，便读成"密"。

绞尽脑汁给李贺泼脏水的小人们发现这是一个攻击李贺的好借口：李贺的父亲名叫李晋肃，"晋"与"进"同音，犯了"嫌名"——李贺想考进士，这不正是对生父大不敬的表现吗？

面对突如其来的指责和辱骂，孤傲刚直的李贺选择不发一言、黯然离去，而痛心于失去英才的考官韩愈亲自下场，以一篇《讳辩》有力地反击这群卑鄙小人。

在《讳辩》中，韩愈玩了一把黑色幽默："父名晋肃，子不得举进士；若父名'仁'，子不得为人乎？"

但这些努力在铺天盖地的流言面前显得苍白无力，李贺终究还是走了。唐朝的庙堂错失了一个李贺，但煊赫的诗坛却迎来了一位浑身笼罩着神秘气息的长吉鬼才。短短二十七载韶华，一生失意的李贺最终化身为大唐诗坛最瑰丽的九霄宫阙。

出生于唐德宗贞元六年（790年）的李贺，是一个非同寻常的穷书生。父亲李晋肃一生忙碌，好不容易混到县令，还没将椅子坐热便因重病缠身而撒手人寰。李晋肃去世后，李家陷入几近饿死的境地。

这样的困顿在漫长的时间里一直没能得到缓解，即便过了二十年，李贺仍然在送小弟外出谋生时写的送别诗中说："欲将千里别，持我易斗粟。"

"仓廪实而知礼节，衣食足而知荣辱"，这样的话在李贺这里是不成立的，纵然几次差点饿死，他依然保持着一个贵族该有的修养。虽然已经世远名微，但李贺到底是皇族后裔，他的祖先是唐高祖李渊的亲叔叔——郑王李亮。对于李贺来说，哪怕身体里的皇族血统已经被稀释到微不足道的地步，哪怕落魄至此，他也以皇族自居，不愿下凡尘半步。

既然这微乎其微的皇家血脉帮不了李贺，没有显赫家世做后盾的他只能走第二条路——找贵人。元和年间的大唐文坛，是韩愈、刘禹锡、柳宗元的"铁三角时代"，刘柳二人已经因永贞革新而遭贬谪，只剩下韩愈一人继续着传道、授业、解惑的师道。

于是，在元和二年（807 年），带着自己精心挑选的诗作，李贺敲开了韩愈府的大门。作为一位乐于提携后进的伯乐，韩愈在第一次读到李贺诗文的时候，就被这位名满京洛的少年天才所折服。该是何等超凡入圣的想象力，才能镂写出这样精妙绝伦的诗文！

"黑云压城城欲摧，甲光向日金鳞开。"一生未入边塞的李贺仿佛拿着一支画笔，用浓艳的色调，寥寥几笔就勾画出了弥漫着滚滚硝烟的战场。《雁门太守行》是李贺放在卷首的得意之作，也正是这篇诗文，让韩愈记住了"昌谷李贺"这四个字。

此时正值元和中兴，因为安史之乱被震碎的盛唐气象似乎正在以肉眼可见的速度重新氤氲起来，包括李贺在内的大唐青年们也在心底种下经世报国的种子，只待一朝榜上有名。

韩愈很欣慰帝国有李贺这样的人才，他细细品读着李贺的诗文，悉心指点眼前这位年轻人如何在科举中脱颖而出。为了不辜负恩师的殷切期待，本就天资过人的李贺开始了焚膏继晷、呕心沥血的读书写诗生涯。

于李贺这样的人来说，科举中第只是起点，他是皇族后裔，是要做匡扶社稷的股肱之臣的，寻常小官于他而言都是羞辱。这是李贺的天然使命，也是他人生悲剧的源点。

元和五年的河南府试是李贺的科考起点，也是他的终点。这位拔得头筹的年轻人因"为父避讳，不得科举"的荒诞理由，草草结束了自己的科举之路，"不得科考"成了李贺一生的梦魇。

如果天生愚钝还则罢了，偏偏上天给了李贺一个让他难以低头的落魄贵族的出身，又给了他一个难以为继的家境，更给了他可昭日月的天赋与才华。这样的李贺，如何甘于白丁？但"入仕为官"这条路于他而言，又偏偏是一条死路。

当壮志难酬的无奈与家徒四壁的贫寒交织在一起时，才二十出头的李贺心境已到暮年，诗风也转向诡秘艰涩，《旧唐书》形容其诗风"如崇岩峭壁，万仞崛起"。这位失意青年就像大唐诗坛的辽阔平原上骤然拔起的崇山峻岭，让人观之生畏，读之叹息。

李贺说，"长安有男儿，二十心已朽"；李贺还说，"只今道已塞，何必须白首"。隔着千载沧桑，我们再读李贺的诗句，仍然觉得字字泣血，寸寸断肠。

一个孤傲的人可以被杀死，但不可以接受自己泯然众人的平凡。李贺不是一个普通的穷书生，他瘦弱的身躯里藏着"为天地立心，为生民立命"的圣贤气魄，纵然无缘科举，他也仍在用自己的笔锋触及那些他人避之唯恐不及的社会黑暗。随着李贺的人生走入绝境，李贺的诗文创作也迎来了井喷时期。

元和六年（808 年），或许是因为李贺的名声太大，又或许是因为韩愈在文坛为李贺营销，归乡一年的李贺接到了来自长安的任命书——从九品奉礼郎。

奉礼郎的职位对于李贺来说，是偌大的讽刺，这位曾写下"报君黄金台上意，提携玉龙为君死"的年轻人，如何能接受这样一个"掌朝会、祭祀时君臣版位的次序及赞导跪拜礼仪"的小官呢？他是李贺，一个可以出将入相、经世治国的文曲星！但当目光落到骨瘦嶙峋的妻小身上时，当目光扫到家徒四壁的残破茅屋时，李贺最终还是向现实低头了——他要活着，纵然只是微薄的俸禄，但对于这个满目悲凉的家庭来说，也是雪中送炭了。

于是从元和六年起，李贺开始了牢落长安三年的羁旅生涯。这三年对于他来说是一场煎熬，但对于大唐诗坛来说，是一场属于"长吉鬼才"的诗文盛宴。

身居繁华帝都，李贺并没有忘却入仕的初心，纵然没办法获得功名，他也在用犀利毒辣的笔锋、悲天悯人的情怀，记录着他目光所及的苦难和悲凉。清代文学家姚文燮称赞其为"深刺当世之弊，切中当世之隐"，因为李贺笔下的自己，不再是"小民李贺"，而是针砭时弊、敢教日月换新天的"政治家李贺"。

他讽刺唐宪宗求仙问道、追求长生，于是写下了《苦昼短》："谁似任公子，云中骑碧驴？刘彻茂陵多滞骨，嬴政梓棺费鲍鱼。"秦皇汉武都已作朽，天下何来长生？

他鞭挞藩镇割据、渴望社稷能统一稳定，于是写下了《秦王饮酒》："秦王骑虎游八极，剑光照空天自碧。"勾画出天下一统、四海升平的盛世景象。

他讽刺权贵骄奢淫逸、生活糜烂不堪，于是写下了《牡丹种曲》："檀郎谢女眠何处？楼台月明燕夜语。"用物是人非的荒凉来警示世人花无百日好的道理。

纵然帝国欠他一个功名，纵然卑鄙小人毁了他的一生，李贺仍然如夏夜萤虫般，拼尽全力，绽放自己的微光，只为给混沌的天下保留些许光明。

后世论及有唐一代的诗人时，常将李白与李贺相提并论，前者被称为"太白仙才"，后者被称为"长吉鬼才"，而清代文豪黎简则称："论长吉每道是鬼才，而其为仙语，乃李白所不及。"意思是，李贺的诗文并非只有吊诡晦涩，若空灵起来，纵然是诗仙李白也有所不及。

这并非谬语。

在长安任奉礼郎的三年时间，是李贺创作的高峰期，因为在这三年间，他看尽了豪强权贵的纸醉金迷。曾经的豪情壮志和眼下的凄凉现实形成鲜明对比后，李贺苦苦维持的孤傲终究还是轰然碎裂了。

他笔下开始频繁出现"老""寒""断""愁""死""鬼"等字眼，让人每每读起来都觉得奇谲怪诞、不寒而栗。就像是天使与魔鬼集于一身般，李贺的另一种诗风则充满了离骚式的隽永浪漫，他写出的物象糅杂了"天河""月宫""羲和""玉轮"等奇幻符号。

从鬼到神，从魔鬼到天使，这位终年二十七岁的诗人已在不经意间超越了无数人，坐到了李白的身边。

彼时的李贺一定想不到，自己会成为多少后世人效仿却始终难以企及的九霄宫阙。在他短暂的一生里，大部分时间都在为生计发愁，贫寒侵蚀的不仅仅是他自己，还有陪伴他困顿了一辈子的糟糠之妻。因妻子病故，悲痛欲绝的李贺也大病一场，于元和九年（814年）辞官归乡，从此告别长安，再未归来。那时的他才二十四岁，却已似风烛残年的老人。

少年子弟江湖老。从幼年就开始的命途多舛，以及从元和五年开始的仕途艰难，一切的一切都让李贺身心俱疲，他渐渐开始学会和自己和解，和人生和解。于是他在与故友相遇、把酒言欢之时，写下了那首《致酒行》，其中一句"我有迷魂招不得，雄鸡一声天下白"，足以看出他此时的豁达和自在了。

离开长安后，李贺曾试图南下吴越之地寻求新发展，但真正行至南方时，才发现"处处是长安"。他以为自己离开了长安，就能离开那些肮脏龌龊的勾心斗角，找到自己大展身手的一席之地，却不知，从前的大唐早已故去，各地的贪官污吏、豪强权贵都如附骨之蛆般疯狂吸食着唐帝国最后的生机。

九州人事皆如此。失望的李贺带着仆仆风尘南渡归来，最终在好友张彻的引荐下转道山西，做了昭义军节度使郗士美的幕僚。那段时间李贺是怎样熬过来的，我们无从知晓，我们唯一能知道的是，此时，李贺的人生已经接近终点了。

史书给李贺留下的最后一个剪影，是随着北方藩镇动荡、硝烟四起，郗士美因讨伐叛乱节度使不利而归隐养病，寄身在他麾下的李贺也随之失去依靠。

郗士美还有赴洛阳静养的机会，历史却没有给李贺东山再起的可能。这位年仅二十七岁的年轻人在走投无路之际，不得不强撑病体回到故乡昌谷，没多久就抑郁而终。

李贺的离去，让当时的诗坛为之悲恸，大诗人李商隐在《李贺小传》中为他的人生画下了一个充满李贺式浪漫的句号："长吉将死时，忽昼见一绯衣人，驾赤虬，持一板，书若太古篆或霹雳石文者，云当召长吉。长吉了不能读，欻下榻叩头，言：'阿嬷老且病，贺不愿去。'绯衣人笑曰：'帝成白玉楼，立召君为记。天上差乐，不苦也。'"意思是，李贺病故当日，有人见到岚山雾海中有一红衣仙人乘龙而来，奉天帝法旨，召李贺上天，为新建的白玉楼作传。

时隔五十多年后的唐昭宗时期，大诗人韦庄上奏天子，请求追赠李贺进士及第，全了这位天才的夙愿。不过那时的大唐行将就木，追赠事宜最终不了了之了。

在那之后不久，朱温篡唐，这个曾经缔造了"万邦来朝"盛世的王朝随即沉寂于历史长河的深处。王朝更迭是历史的选择，兴衰荣辱周而复始，纵然李贺还在世，我想他对进士及第这一荣耀也早已释然了吧。

有人说，李贺一生都在寻找破解人生困局的方法，可是终此一生都未能破解。但我想，当他吟出"雄鸡一声天下白"的时候，他已经看到了生命的曙光；当他喊出"天若有情天亦老"的时候，关于人生的答案，他已经找到了。

"天若有情天亦老，人间正道是沧桑。"一千多年后，有人为李贺赋上了结尾。

李商隐

藏在朦胧诗里的颠沛流离
被政治牺牲的诗坛翘楚

　　唐宣宗大中末年（约858年），晚景困顿的李商隐失去了自己最后的官职——正九品盐铁推官，加之身体抱恙，不得不启程返回故乡河南。从此，这位晚唐大诗人遁入江湖，生命的最后光景竟无只言片语记入史册。

　　很多人给李商隐的标签只有两个：读不懂的诗句，写不完的爱情。李商隐的诗多为"无题"，加上引用典故太多，无论是在当时，还是在一千多年后的今天，都无人能解开李商隐纷繁清丽的诗句背后到底想传达给世人怎样的含义。

　　李商隐的诗，在浓艳绮丽的外衣下，包裹着愤懑凄苦的内核，这样独特的诗风，源于他那充满了悲剧色彩的人生。尽管少年及第，但陷入牛李党争的他，终生被排挤于政治边缘，满腔壮志也在尔虞我诈的政治斗争中化为满腔愤懑。

　　那些藏在朦胧诗里的颠沛流离，字字带血地纪念着一位本该卓尔不群、却被政治牺牲的诗坛翘楚。

一

"桐花万里丹山路，雏凤清于老凤声。"

大中十年（856 年），距离生命结束仅剩两年时光的李商隐回忆起五年前的旧事，感慨子侄辈中的才俊——韩偓（李商隐的外甥）前途不可限量。

其实，"雏凤清于老凤声"不只是李商隐对于晚辈的嘉许，更是少年李商隐的自我写照。

李商隐出生的时代很不好，藩镇割据带来的兵连祸结、错综复杂的官场党争、年幼丧父、家境贫寒，一切似乎都在预示着李商隐一生难以平顺。

失去父亲这个顶梁柱后，作为长子的李商隐背负起了撑持门户的重担。多年以后，李商隐回忆起少年时光，曾提及自己"佣书贩舂"，也就是靠给人家抄书来补贴家用。

原生家庭的悲哀并没有让李商隐的光芒稍减分毫。李商隐在散文《上崔华州书》中自述"五岁诵经书，七岁弄笔砚"，这并非是他在自吹自擂，只是在陈述事实而已。

即便是生逢乱世，如李商隐这样的明珠，得到权贵的欣赏是迟早的事情。唐文宗大和三年（829 年），年仅十七岁的李商隐来到洛阳，在这座浸染了百年盛唐繁华的东都，李商隐先后结交了白居易、令狐楚等名流翘楚。

白居易从遇到李商隐的那一刻起，就成了这位小自己四十岁的无名小辈的铁粉，据《唐才子传》记载，年过半百的白居易对李商隐说："我死后，得为尔儿足矣。"

堂堂一代诗王，居然觉得死后转世为无名后生的儿子便足矣，被白居易捧到如此高位的李商隐自然引起了世人的关注。但李商隐更应该感谢的，是当时的宰相令狐楚。

在令狐楚眼中，眼前这位出身微寒、尚未中举的年轻人将来一定是个人物，他不但让儿子令狐绹多与李商隐往来，还亲自授以今体（骈俪）章奏之学，并"岁给资装，令随计上都"，甚至在李商隐多次落榜后，招他为幕僚，给了他一个容身之所。

对李商隐来说，恩师令狐楚就如同生命里的明灯一般，驱散了过往十数年间笼罩在他头上的阴霾。在政治道路上得到前辈的扶持，加上本身才华斐然，"一介白丁逆袭成功"的故事成了现实。但接下来发生的事情，让李商隐用一生时间体味了"福祸两依"这四个字。

"世界微尘里，吾宁爱与憎。"这首《北青萝》是李商隐写于大和二年（828 年）的一首小诗。

在到达洛阳前的一段时间里，迷惘的李商隐曾沉迷在山水之间寻仙访道，并在某个霜寒露重的山间清晨，顿悟"人生于世，不过微尘一粒"的禅理。倘若少年李商隐从此绝了功名念头，将此生的光阴都流连在山水之间，也许他的故事不会这么悲情，但人生没有也许。

我想，李商隐来到洛阳后，应该没有想过自己还会重新回到求仙问道的生活中去，但命运同李商隐开了一个大大的玩笑：五年后，令狐楚调任京职，仍无半点功名的李商隐心灰意冷，归隐王屋山。

　　从唐文宗大和二年到唐文宗开成二年（837 年），这十年间，李商隐一次又一次地参加科举，屡屡落榜，无人问津。面对恩师之子令狐绹早在七年前就中榜的现实，李商隐终于还是向黑暗的官场低头了，他写了一封信给令狐绹，字里行间带着怨怼和不甘："尔来足下仕益达，仆固不动。"

　　如日中天的令狐绹这才想起昔日的同窗好友，仅仅只是在考官面前盛赞一番，九年科考无果的李商隐终于一朝登榜，总算是半只脚踏进仕途了。此时，李商隐大约二十四岁。尽管是迟来的功名，但二十多岁便中举，仍然可以用"春风得意"来形容。

　　开成二年，恩师令狐楚去世。同年，李商隐遇到了生命中第二个重量级人物——王茂元。这位威震一方、手握实权的节度使钦慕李商隐的才华，不仅招其为幕僚，还将女儿许配给他。

　　有这样一位实权岳父作为后盾，再加上令狐家族的庇护，按理说李商隐应该是左右逢源、平步青云，但这样的"强强组合"却成了李商隐仕途不顺、抑郁终生的祸根。

　　这一切，都源于笼罩晚唐政局数十年的牛李党争。

　　"此情可待成追忆，只是当时已惘然。"

李商隐的代表作之一《锦瑟》，时至今日，仍无人能解。有人说李商隐在思念他的爱人，有人说李商隐在暗讽当时的朝局。我个人认为，令李商隐感到惘然的，应该是他的仕途。

翻开《旧唐书》，你会发现，对于李商隐的评价都是负面的："俱无持操，恃才诡激，为当涂者所薄。名宦不进，坎壈终身。"

而《新唐书》更是直接写道："茂元善李德裕，而牛、李党人蚩谪商隐，以为诡薄无行，共排笮之。"

人们已经不可能知道李商隐是真的缺乏政治情商，还是不屑于在牛李党争中左右巴结。但无论是哪种可能，李商隐都犯了忌讳。

恩师令狐楚属于牛党一派，而岳丈王茂元则属于李党一派。在热衷于党同伐异的官宦们眼中，李商隐就是一个脚踩两只船的卑劣小人。

这是李商隐一生不得志的症结所在，而郁郁不得志也使李商隐的诗风越发诡谲晦涩，让人摸不着头脑。

此后的十数年间，李商隐因才华被不少人关注，但自始至终都没能得到朝廷的器重，只能做幕僚一类的小吏。每当投靠的人物发生变故，李商隐便会像丧家之犬般在大唐的州郡间颠沛流离，弘农（今河南省灵宝市）的要塞见证过李商隐的落魄，桂林（今广西壮族自治区桂林市）的山水治愈过李商隐的忧愁，长安的皇城容不下李商隐的身与灵……每一次变动与奔波，都让李商隐心力交瘁，曾经的凌云壮志也在岁月蹉跎间化为额上的深沟与两鬓的白霜。

大中九年（855年），李商隐投靠的最后一位节度使柳仲郢奉命调任京职，三年后因故被贬，已经辗转到蜀地的李商隐受到牵连，罢官后归隐河南老家，没多久便病逝了。

李商隐的一生，其实是绝大多数中晚唐寒士的缩影，他们空有一身治国才干，却因为激烈的政治斗争而沦入江湖，寂寂无名。

没有人在乎寒士的生死，更不会有人关心寒士们在想什么，才华横溢的李商隐留下的一首首无人能读懂的诗句，我想当时的人们大抵也懒得去解读吧。

但李商隐真的无人懂吗？不，至少还有一个人懂他。

李商隐死后，好友崔珏凭吊这位知己，做了一首《哭李商隐》，其中有一句名传千古的诗句："虚负凌云万丈才，一生襟抱未曾开。"

只这一句，我想，九泉之下的李商隐应该可以瞑目了。

杜牧

被党争耽误的军事天才
被风月掩盖的诗家翘楚
他终成绝唱

唐宣宗大中六年（852 年）冬，长安近郊的樊川别墅里。

病入膏肓的杜牧挣扎着从榻上坐起，他将累日撰写、整理的文集一一过目，曾经的豪气干云、狂狷不拘，都随着肉体步入老朽而成为此生的意难平。行将告别之际，杜牧将一生所著文章的十之八九投入火中，只留一二流传后世。

纸灰随着火焰腾空而起，这位世称"杜樊川"，诗歌以七言绝句著称、内容以咏史抒怀为主的晚唐大诗人在祖宅中溘然长逝，而此时，大唐的丧钟也已经敲响。

杜牧与李商隐被后世并称为"小李杜"，作为晚唐诗坛的双璧，李商隐和杜牧无疑是大唐诗坛最后的辉煌。但我个人认为，比起李商隐来，杜牧多了一份敢为天下先的风采。纵观杜牧的一生，你会发现，他是一位被党争耽误的军事天才，也是一位被风月掩盖的诗家翘楚，更是一位自领风骚的倜傥文士。

一

和李商隐一生难有作为相比，杜牧的仕途貌似光明多了。

祖上曾为宰相，作为望族之后，虽然家道中落，但杜牧继承了簪缨世家才有的文道沉淀，汗牛充栋的家学典藏为他提供了充实的精神滋养。少年杜牧所处的时代，正值唐宪宗讨伐藩镇的关键时刻，在中兴迹象逐渐显露的大环境下，杜牧一边博览群书，一边钻研治军之道。

书生也有军伍梦想，这是很多唐代诗人的共同情结。但和绝大多数诗人只有书生意气不一样的是，天纵奇才的杜牧虽然未曾亲临战场，却也做到了"运筹帷幄之间，决胜千里之外"。朝廷并没有给杜牧太多机会供其发挥，但惊鸿一现的是，杜牧设计了一套平虏战略，被朝廷所用，果然大获全胜。

尽管在军事上拥有惊人天赋，人们更熟悉的，还是杜牧的文采。从唐穆宗长庆二年（822年）起，博览群书的杜牧便开始活跃于长安的文人圈中。二十来岁的他总能用一双慧眼，看到寻常人看不到的问题所在。

跟一般诗人写文发牢骚不一样的是，杜牧笔下的每一个字，都带着对家国的深深忧思。

二

"六王毕，四海一；蜀山兀，阿房出……"

唐敬宗宝历元年（825 年），一篇洋洋洒洒六百余字的长赋流传于长安的大街小巷，上至达官显贵，下至黎民百姓，无不对这篇文章敬佩万分，人们争相传抄，一时间洛阳纸贵。

以昔日阿房宫的富丽堂皇，来印证暴君暴行难得天下的道理，尤其是最后那句"灭六国者六国也，非秦也；族秦者秦也，非天下也"，寥寥数笔，就揭露了王朝更迭必先内部腐朽的道理。

阿房宫的辉煌早已湮没在历史的烟尘中，但烈火烹油的开元盛世对于唐人来说，却是数十年前的记忆。从曾经的歌舞升平、夜不闭户，到现在的烽烟四起、赤地千里，多少人读起《阿房宫赋》，都悲从中来、情难自已。

写完《阿房宫赋》两年后，杜牧游历满目疮痍的大唐，难抒心中愤懑，提笔写下了被称为"诗史"的《感怀诗一首》。如果说《阿房宫赋》代表了杜牧的治世思想的话，那么《感怀诗一首》则是杜牧对于乱世症结的剖析。

从追思盛世，到鞭挞藩镇，最后到渴望平乱、重回辉煌，"笔落惊风雨，诗成泣鬼神"，一阕《感怀诗》，道尽了杜牧心中的铁血与抱负。

大唐的科举取士，门阀出身最为重要，这就是如杜甫、孟浩然这样的大才子终此一生也没博得半点功名的原因。大士族垄断科举名额的现象在中晚唐时期愈演愈烈，没有名士引荐，出头之日便遥遥无期。

但杜牧不一样，因为他的名声实在是太大了，大到他就这么安静地坐着写诗，自然有人为他牵桥搭线。

《新唐书·杜牧传》记录了这样一个故事：在杜牧尚未参加科举时，曾游历东都洛阳，惊世才华引得无数达官显贵为之折腰。时任太学博士的吴武陵特意赶到主持科举的礼部侍郎崔郾面前，高声诵读杜牧那篇《阿房宫赋》，并盛赞道："如此人物，足堪状元！"崔郾虽然敬佩不已，但无奈道："已得人矣（前四名都已内定）。"吴武陵听罢，辞容激厉地说道："不得，即请第五人。更否，则请以赋见还！"崔郾实在舍不得这篇雄文，躬身道："诸生多言牧疏旷，不拘细行，然敬依所教，不敢易也。"

虽是暗箱操作，但杜牧的才华担得起"第五名进士"的头衔。于是，唐文宗大和二年（828年），二十六岁的杜牧进士及第，同年又考中贤良方正直言极谏科，从此开启了自己的宦海浮沉。

三

青年才俊、文坛新秀、新科及第，风华正茂的杜牧真应了那句"春风得意马蹄疾，一日看尽长安花"。带着满腹经世治国的韬略，杜牧从弘文馆校书郎做起，到了大和九年（835年），便升至分司洛阳的监察御史。

监察御史一职，让杜牧看尽了官场中的龌龊勾当。晚唐的庙堂混沌不堪，牛李党争和宦官谋权此起彼伏，看不见的政治迫害比看得见的刀光剑影更加凶险残酷，接二连三的宫廷政变和政治清算掀起了血雨腥风……这一切，让杜牧涌动的热血渐渐变得薄凉。

就是在杜牧调任洛阳的大和九年，甘露之变爆发，大批官员被牵连惨死，本就千疮百孔的大唐风雨飘摇，几近覆亡。

政治失意后，杜牧更加放浪形骸。风流一旦被才华加持，震烁千古的名篇佳句便相继问世。

辞别尔虞我诈的庙堂，杜牧终于有余力聚焦宫闱悲欢，他提笔写下了"银烛秋光冷画屏，轻罗小扇扑流萤"；与故友辞别，梦中故地重游，醒来物是人非，他挥毫写就了"二十四桥明月夜，玉人何处教吹箫"；日月山河仍在，昔年辉煌早亡，华清池光景不复当年，他感慨吟出了"一骑红尘妃子笑，无人知是荔枝来"……

尽管杜牧用流连烟柳、吟风弄月来麻痹自己，但他始终未能忘记他的抱负。

唐武宗会昌元年（841 年），杜牧因得罪权贵，被逐出帝都，改任地方官。谁也不知道杜牧外放的原因，但从杜牧的自我剖析来看，应该是与牛李党争有关系：杜牧的家族与宰相李德裕的家族是世交，但杜牧因与牛僧孺私交甚好，所以遭李德裕的排挤。

就这样，杜牧开始了自己七年的地方官任期。从黄州（今湖北省黄冈市）到池州（今安徽省池州市）再到睦州（今浙江省杭州市淳安县），杜牧所到之处，无不造福一方、政绩斐然、为民称赞。

但如果论及杜牧此生最爱之处，我想他一定毫不犹豫地回答是扬州。扬州最美的不是烟花三月，而是它活在杜牧笔下的时刻。大和九年，杜牧从扬州调回长安，他以诗文与厮守数年的歌妓告别。

杜牧说："娉娉袅袅十三余，豆蔻梢头二月初。春风十里扬州路，卷上珠帘总不如。"而到了暮年，两鬓斑白的杜牧回忆起年少疯狂时，缓缓吟出了《遣怀》："落魄江湖载酒行，楚腰纤细掌中轻。十年一觉扬州梦，赢得青楼薄幸名。"

有人说，《遣怀》是杜牧对年少过往的悔悟和警醒，可我却在这首诗中读出了杜牧背后的浅浅柔情。

世人都说长安好，但在杜牧眼中，京官不如地方官来得自在。大中二年（848年），杜牧调回长安，但还没等把坐榻捂热，杜牧就怀念起任职地方的畅快，于是他屡屡上书，请求外放地方，虽然最终如愿，却又于大中五年（851年）再次归任长安，被升为中书舍人。至此，杜牧再也不折腾了，他回到了自己出生的祖宅——位于长安近郊的樊川别墅。

在樊川别墅，杜牧宴饮会客，以文会友，平静地度过了人生的最后一年。大中六年冬，杜牧于深夜，带着满腹缱绻和惊世才华，静静离去。

杜牧离世三百多年后，宋孝宗淳熙三年（1176年）冬至，二十二岁的才子姜夔行至扬州，望着满目疮痍、繁华不再的扬州，心中大恸，写下了那首《扬州慢》："杜郎俊赏，算而今、重到须惊。纵豆蔻词工，青楼梦好，难赋深情。"

我想，姜夔不懂杜牧，其实不必"赋深情"，因为杜牧的笔下，有的是金戈铁马。

温庭筠

世间十分风月，温郎独占八分
为唐诗作结，为宋词开篇

唐懿宗咸通七年（866 年），温庭筠调任国子助教不久就被撤职查办，已经五十四岁的他从此辞别党争不断、奸佞不绝的晚唐官场，湮没于历史长河中，不知所终。

被后世誉为"花间派鼻祖"的温庭筠命真的不好，他的诗词写尽缠绵，让无数痴男怨女为之神往，但他本人却是个被称为"温钟馗"的丑男；他的才华惊艳大唐，多少人因他代笔而考中进士，但他本人却终此一生未曾博得半点功名。

今人提及温庭筠，会感佩他的生花妙笔，倾心他笔下的缠绵悱恻，却对他的人生一无所知。这世间的十分风月，他独占八分，但风月之外，才是真正的温庭筠。

清代大儒薛雪在著作《一瓢诗括》中说："温飞卿，晚唐之李青莲也，故其乐府最精，义山亦不及。"言下之意是，温庭筠是晚唐的李白，这话并非谬赞。

那是盛唐才配拥有的太白诗仙。富丽堂皇、歌舞升平的大明宫中，李白望着杨玉环的丰腴倩影，吟出了"云想衣裳花想容，春风拂槛露华浓。若非群玉山头见，会向瑶台月下逢"，寥寥二十八字，写绝了女子的美艳多情。

近百年后的晚唐，诗坛虽未再见李太白，却也迎来了花间派掌门人温庭筠。历史仿佛想再造一个李白，才将温庭筠送给了大唐。同样的放浪形骸，同样的狂狷不羁，同样的难为官场所容，李白被赐金放还，温庭筠也终身未第、难有作为。

出生于唐宪宗元和七年（812 年）的温庭筠是唐初宰相温彦博的后裔，尽管祖上家道煊赫，可到了温庭筠这一代，家境已到难以为继的地步。家族除了遗传给他寻常读书人没有的锐意和天赋外，别无任何物质财富和政治资源。无论是《新唐书》还是《唐才子传》，都对温庭筠不吝溢美之词："少敏悟，天才雄赡，能走笔成万言。"

元和十五年（820 年），温庭筠年仅八岁时，父亲便撒手人寰，小小的孩童几近饿死。

在无数评书传奇中，落魄公子通常会在绝境中得遇贵人，从此峰回路转、平步青云，最后登上人生巅峰。天无绝人之路，上天虽然没有将这种逆袭的人生剧本安排给温庭筠，但至少令他重归了读书的道路——父亲的生前好友段文昌待温庭筠如己出，还亲自教授文赋。

"桐花万里丹山路，雏凤清于老凤声。"这是李商隐赞誉外甥韩偓时写下的诗句，我想，这也是后来官居宰相的段文昌第一次见到温庭筠时的心声，他对眼前这个孩子，一定寄予了厚望。

从唐穆宗长庆四年（824年）到唐文宗大和九年（835年）的十一年间，温庭筠跟着不断升迁的叔父段文昌从江淮转到荆楚，虽然再未尝过饥寒交迫之苦，但寄人篱下的颠沛流离又何尝不是另一种折磨？在这样的成长过程中，温庭筠养成了细腻如水的性格。

毋庸置疑，温庭筠一定感恩叔父段文昌的养育，但在内心深处，他一定想脱离叔父为自己设定的框架，去过自己想要的生活。

大和九年，段文昌在西川去世，那个一直指导自己如何修身齐家的人物不在了，被压抑许久的温庭筠叩别段家，赶往他魂牵梦萦的帝都长安。

段文昌是晚唐有名的贤臣，他对于温庭筠的教育，一定是遵循了传统儒家教义的"圣贤模式"，但从温庭筠进入长安后的表现来看，段文昌的教诲起到了物极必反的效果。

有唐一代，诗人多如过江之鲫、银河之星，但诗写得好不代表考得上功名，如李白等人，纵然诗才惊天下，却不是做官的料儿。但温庭筠不一样，他不仅诗写得好，还是出了名的考试小能手，更是被正史证实过的作弊天才。

《唐才子传》中记载过这样一个故事：大中末年，温庭筠作弊的名声已经惊动了官府，为了防止温庭筠作弊，考官特意把他叫到面前来答题。饶是如此，闹情绪的温庭筠不仅提前交了卷，还偷偷给八个人传了答案，喜提"温八叉"的考神称号。

这样一个温庭筠，被长安的无数考生追捧，人们想方设法与他成为朋友，只为了让温庭筠能在考试时助他们金榜题名。擅长押官韵的温庭筠答题极快，且每次都能给出完美答案。按今天的话来讲，此人就是为考试而生的奇才。

那些被代笔的考生因温庭筠而获得功名，但温庭筠自己却屡屡落第，始终没能脱离白丁的身份。失意的温庭筠开始自暴自弃，整日流连于烟花柳巷，与京中纨绔子弟纵酒狂欢到不知天地为何物。

多情烟花巷，最是无情地。整日周旋于世家子弟和青楼女子之间，见惯了闺怨和薄情的温庭筠开始以满腹才情为笔、胸中苦闷为墨，写出了一篇篇让痴男怨女为之动容的词句。

所有痴男怨女的心意，都有温庭筠式的解答。你说对方不懂我的心意，温庭筠说"山月不知心底事，水风空落眼前花"；你说所爱隔远山，温庭筠说"终日两相思，为君憔悴尽，百花时"；你说多情总被无情伤，温庭筠说"王孙莫学多情客，自古多情损少年"；你说等不到爱人，温庭筠说"过尽千帆皆不是，斜晖脉脉水悠悠"……

如今网上的痴男怨女对一句诗推崇备至："玲珑骰子安红豆，入骨相思君知否？"很多人以为这是某著名网络小说作者的独创，却不知这句诗的原作者是温庭筠，原句是："玲珑骰子安红豆，入骨相思知不知？"也只有温庭筠这样的才情，才能写出如此细腻缠绵的诗文。

这是花间派掌门人才有的诗文境界，但在诗酒趁年华的日子里，温庭筠在不知不觉间，与功名再无缘分。

遍览关于温庭筠的史料，"薄行无检幅""德行无取""君子讥之"等描述频繁出现，在肯定温庭筠才情出众的同时，几乎每一个史官都认为温庭筠德行浅薄，不为君子雅士所容。

造成这种情况的原因，除了温庭筠擅写风月艳词、流连烟花柳巷之外，更重要的是，在晚唐士人夫集团看来，狂悖不羁的温庭筠做不到保持政治默契。

温庭筠太狂了，狂到替人作弊还沾沾自喜。他很会答题，却忘了收敛锋芒。木秀于林，风必摧之，有多少人爱温庭筠，就有多少人恨温庭筠。《唐才子传》中有一句"执政鄙其为，留长安中待除"，被当权者厌弃，温庭筠这个不稳定分子迟早是要被除掉的。

温庭筠的好友纪唐夫在《送温庭筠尉方城》一诗中说："凤凰诏下虽沾命，鹦鹉才高却累身。"在纪唐夫看来，被才高所累是温庭筠一生仕途不顺的原因。不过，才高只是间接因素，最直接、最重要的因素是温庭筠恃才傲物的性格。下面这件事颇能说明这一点。

将《菩萨蛮》写成国民诗词的温庭筠是当时红得发紫的诗坛领袖，为了讨好同样痴迷于《菩萨蛮》的唐宣宗，后来官居宰相的令狐绹请温庭筠以自己的名义写几篇《菩萨蛮》献给圣上，并嘱咐温庭筠要保密。

为领导代笔，这无疑是温庭筠获得政治资源的好机会。要知道，令狐绹一句话就让多年不第的李商隐一朝高中，可温庭筠并没有保守这个秘密，很快，令狐绹请人代笔的事情就传得人尽皆知。从得罪令狐绹的那一刻开始，温庭筠的科举之路便彻底无望了。难怪人们总说，性格决定命运。

此后数年间，温庭筠虽然也混得一官半职，却终究只是末流小官，难见经传。在一日日的失意中，温庭筠将满腹的牢骚化为缱绻，他对政治有多绝望，笔下的诗词就有多温柔。大唐少了一位可有可无的官吏，却收获了一位完美地为唐诗收官、又完美地开启宋词风韵的花间派宗师。

咸通七年，温庭筠从国子助教任上被革职，从此消失于史书记载之中。其实也不必被史册铭记，我想温庭筠离开的那天，那些曾唱过他的《菩萨蛮》的歌妓们、那些曾被他的《花间词》感动过的痴男怨女们，一定为唱着"小山重叠金明灭，鬓云欲度香腮雪"为他送别。

对于那时的温庭筠来说，功名利禄、身后虚名都已经不重要了。

只要提起《菩萨蛮》，人们便会记起温庭筠；

而记起温庭筠，内心便升起无尽温柔；

而这便是他最大的人生意义。

 **写在最后**

　　唐懿宗咸通十二年（871年），长安城的大街小巷里挤满了人，一辆囚车从人群中缓缓穿过，所有人的目光都落在囚车中那位即将被斩首的年轻女子身上。她叫鱼玄机，一个才名远播的美艳女道士。

　　鱼玄机的死，世人一直百思不得其解。因妒错杀婢女绿翘而被京兆尹温璋判处死刑，这一判决在当时引发了巨大轰动。

　　宋代笔记小说集《北梦琐言》中有一句话很耐人寻味："竟以杀侍婢，为京尹温璋杀之。"按照唐朝的律法，"诸奴婢有罪，其主不请官司而杀者，杖一百。无罪而杀者，徒一年"。也就是说，如果奴婢有罪，主人不报官便杀掉奴婢，对主人的惩罚是杖打一百下；如果奴婢无罪，主人就将其杀害，对主人的惩罚是服苦役一年。

　　史书为王侯将相留足了空间，却极少为女子记载过多笔墨，所以这桩案件中有哪些不为人知的情节，我们已不得而知。在临刑的前夜，不知鱼玄机是否在阴暗的监牢中，就着如水的月光，细细思量自己过往的二十七年人生。

　　从出生烟柳巷的良家女，到晚唐诗坛宗师温庭筠的红颜知己，再到当朝状元李亿的入门妾，又到艳名远播的女道士，最后到银铛入狱的杀人犯，除了世人熟知的风月桃色，她还是大唐诗坛的翩若惊鸿。

　　鱼玄机的故事，我将以电子书形式呈现，欢迎大家扫码阅读，也欢迎大家关注我的公众号和抖音号。

鱼玄机

我的公众号

我的抖音号

|唐朝历代皇帝年表|

高祖 李渊（566—635），唐朝开国皇帝。玄武门之变后，被迫将皇位传给次子李世民。618—626 在位，共 8 年。病逝，享年 70 岁。

太宗 李世民（599—649），以"虚怀纳谏"著称，开创了为后世津津乐道的"贞观之治"。626—649 在位，共 23 年。病逝，享年 51 岁。

高宗 李治（628—683），太宗第九子，立先皇才人武媚娘为后。649—683 在位，共 34 年。病逝，享年 56 岁。

（武周）圣神皇帝 武曌（624—705），太宗才人、高宗皇后。中国历史上唯一一位女皇帝，690—705 在位，共 15 年。病逝前发遗诏去帝号，称"则天大圣皇后"，享年 82 岁。

中宗 李显（656—710），武则天第三子。684—684、705—710，两度在位，中间为武则天所废。被皇后韦氏和女儿安乐公主毒杀，享年 55 岁。

殇帝 李重茂（694—?），中宗幼子。中宗被毒杀后，韦后扶时年十六岁的李重茂即位。一个月后韦后被杀，太平公主和李隆基联合废掉李重茂，并将其赶出长安，后事不详。

睿宗 李旦（662—716），武则天第四子。684—690、710—712，两度在位，中间让位于母后武则天；后让位于子李隆基，称太上皇。病逝，享年55岁。

玄宗 李隆基（685—762），睿宗第三子，亦称"唐明皇"。立儿媳杨玉环为贵妃。712—756在位，共44年。在位前半段缔造"开元盛世"，后半段纵容出"安史之乱"，唐朝由盛转衰。病逝，享年78岁。

肃宗 李亨（711—762），玄宗第三子。安史之乱中自立为帝，尊玄宗为太上皇。756—762在位，共6年。病逝，享年52岁。

代宗 李豫（726—779），肃宗长子。762—779在位，共17年，"大历十才子"涌现于此朝。病逝，享年54岁。

德宗 李适（742—805），代宗长子。779—805在位，共26年。在位前期颇有一番中兴气象；后期任用宦官、加重民负，导致民怨日深。病逝，享年64岁。

顺宗 李诵（761—806），德宗长子，是唐朝位居储君时间最长的太子。805—806在位，时间不足200天，后让位于子。在位期间采取了一系列改革措施，史称"永贞革新"，但终告失败。病逝，享年46岁。

宪宗 李纯（778—820），顺宗长子。805—820在位，共15年。在位前期励精图治，重用贤良，改革弊政，史称"元和中兴"；后期日渐骄奢，追求长生不老，不善其终。牛李党争从宪宗朝开始。最后被宦官所杀，时年43岁。

穆宗 李恒（795—824），宪宗第三子。820—824 在位，仅 4 年。在位期间耽于宴游，亲佞远贤，不理朝政。此时朝中牛李党争日炽，朝外藩镇日甚。服丹药致死，时年 30 岁。

敬宗 李湛（809—826），穆宗长子。824—826 在位，仅 2 年。即位后奢侈荒淫，痴迷马球、打夜狐。被宦官所杀，时年 18 岁。

文宗 李昂（809—840），穆宗第二子。826—840 在位，共 14 年。执政期间政治黑暗，官员与宦官争斗不断，是唐朝彻底走向没落的转型时期。文宗本人形同傀儡，"甘露之变"后被宦官软禁，抑郁而死，时年 32 岁。

武宗 李炎（814—846），穆宗第五子。840—846 在位，共 6 年。在位时任用李德裕为相，对唐朝后期的弊政做了一些改革，对内打击藩镇和佛教，对外击败回鹘，加强中央集权，唐朝一度出现中兴局面，史称"会昌中兴"。但武宗本人崇信道教，服丹药而死，时年 33 岁。

宣宗 李忱（810—859），宪宗第十三子。846—859 在位，共 13 年。统治期间勤于政事，孜孜求治，对内结束牛李党争，对外击败吐蕃，被后人称为"小太宗"。长期服食丹药，致使病入膏肓，享年 50 岁。大中十三年（859 年），唐末农民大起义爆发。

懿宗 李漼（833—873），宣宗长子。859—873 在位，共 14 年。被宦官迎立为帝，在位期间穷奢极欲、豪宠优伶、游宴无节、好大喜功、崇信佛教。迎佛骨的当年即病逝，享年 41 岁。唐朝此时已风雨飘摇，大厦将倾。

僖宗 李儇（862—888），懿宗第五子。873—888 在位，共 15 年。

感情上依赖宦官，认其为父。被宦官伪造遗诏迎立为帝，即位后专事游戏，军政大事均交于太监之手，黄巢之乱爆发于此朝。病逝，时年27岁。

昭宗 李晔（867—904），懿宗第七子。888—904在位，共16年。在位期间一直是藩镇的傀儡。被朱温所弑，时年38岁。

哀帝 李柷（892—908），昭宗第九子。904—907在位，后被朱温所废，唐朝正式宣告灭亡。次年被毒死，时年17岁。

| 唐朝重要诗人年表 |

卢照邻（约636年—约685年），字升之，自号"幽忧子"，"初唐四杰"之一。

骆宾王（约640年—约684年），字观光，"初唐四杰"之一。

王勃（约650—约676），字子安，"初唐四杰"之一。

杨炯（650—693），"初唐四杰"之一。

宋之问（约656年—约712年），字延清，与沈佺期并称"沈宋"。

贺知章（659—744），字季真，自号"四明狂客"，与陈子昂、卢藏用、宋之问、王适、毕构、李白、孟浩然、王维、司马承祯并称为"仙宗十友"。

陈子昂（约659—约700），字伯玉，世称"诗骨"。因曾任右拾遗，故世称"陈拾遗"。

张说（667—730），字道济。封燕国公，与许国公苏颋并称"燕许大手笔"。

张九龄（678—740），字子寿，谥文献。唐朝韶州曲江人，世称"张曲江"或"文献公"，被誉为"岭南第一人"。

王之涣（688—742），字季凌。盛唐边塞诗人，常与高适、王昌龄相唱和。

孟浩然（689—740），名浩，字浩然，号"孟山人"。襄阳人，世称"孟襄阳"。山水田园派诗人，与王维并称"王孟"，与李白交好。

王昌龄（698—757），字少伯。被誉为"七绝圣手""诗家夫子"，与李白、王维、王之涣、高适、岑参等人交往深厚。

王维（701—761），字摩诘，号"摩诘居士"。有"诗佛"之称。曾任尚书右丞，世称"王右丞"。山水田园派诗人，同时精于音乐、绘画。与李白同岁，但无交集。

李白（701—762），字太白，号"青莲居士"，被尊为"诗仙""谪仙人"，与杜甫并称"（大）李杜"。杜甫非常崇拜李白。

高适（704—765），字达夫。曾任散骑常侍，世称"高常侍"。边塞诗人，与岑参并称"高岑"。

杜甫（712—770），字子美，自号"少陵野老"，后世称杜工部、杜拾遗、杜少陵、杜草堂等。生前寂寂无名，因元稹对其诗篇的挖掘而被后世尊为"诗圣"，其诗被称为"诗史"。

李季兰（713—784），名李冶，字季兰。美艳多才的道姑，与薛涛、刘采春、鱼玄机并称唐朝四大女诗人。常与刘长卿、皎然和尚等才子名流唱酬。

皎然（生卒年不详），俗姓谢，字清昼，谢灵运十世孙。著名诗僧、佛门茶事集大成者、茶文学开创者。与茶圣陆羽、书法家颜真卿、诗人韦应物等名士交好。

岑参（715—770），曾任嘉州（今四川省乐山市）刺史，世称"岑嘉州"。与王之涣、王昌龄、高适并称"边塞四诗人"。

刘长卿（726—786），字文房，自称"五言长城"。曾任随州刺史，世称"刘随州"。

顾况（727—820），字逋翁，号"华阳真逸"，晚年自号"悲翁"。曾对白居易戏言"米价方贵，居亦弗易"。

张志和（732—774），字子同，号"玄真子"。他的《渔父词》与张继的《枫桥夜泊》同列入日本的教科书。

韦应物（737—792），曾任苏州刺史，故世称"韦苏州"。诗风淡泊清新，以善于描写景物及隐逸生活著称。

孟郊（751—814），字东野。有"诗囚"之称，与贾岛齐名"郊寒岛瘦"。与韩愈相善。

张籍（766—830），字文昌。曾任水部员外郎，世称"张水部"。其乐府诗与王建齐名，并称"张王乐府"。韩愈对其来说亦师亦友。

韩愈（768—824），字退之，自称"郡望昌黎"，世称"韩昌黎"。与柳宗元并称"韩柳"。后人尊其为"百代文宗"，为"唐宋八大家"之首。曾提携孟郊、张籍、贾岛等人。

薛涛（768—832），字洪度。唐朝四大女诗人之一，与卓文君、花蕊夫人、黄娥并称蜀中四大才女。曾与元稹相恋。

白居易（772—846），字乐天，号"香山居士"，又号"醉吟先生"。有"诗魔""诗王"之称。前半生与元稹知交，共同倡导新乐府运动，并称"元白"。后半生与刘禹锡知交，并称"刘白"。

刘禹锡（772—842），字梦得，有"诗豪"之称。与柳宗元并称"刘柳"，与韦应物、白居易合称"三杰"。

李绅（772—846），字公垂。与元稹、白居易交游甚密。

柳宗元（773—819），字子厚。河东（今山西省永济市一带）人，北魏侍中济阴公柳庆七世孙，世称"柳河东""河东先生"。为"唐宋八大家"之一。

贾岛（779—843），字阆仙。有"诗奴"之称，与孟郊齐名"郊寒岛瘦"。受韩愈提携。

元稹（779—831），字微之。与白居易同科及第，共同倡导新乐府运动，终生好友，世称"元白"。

刘采春（生卒年不详），唐朝四大女诗人之一。极具影响力的伶人，深受元稹的赏识。

张祜（785—849），字承吉。出身清河张氏，家世显赫，被人称作"张公子"。杜牧的好友。

李贺（791—817），字长吉。唐高祖李渊的叔父李亮的后裔。家在福昌昌谷（今河南省宜阳县），世称"李昌谷"。有"诗鬼"之称，与李白、李商隐合称为"唐代三李"。

杜牧（803—852），字牧之，号"樊川居士"，世称"杜樊川"。与李商隐合称"小李杜"。

温庭筠（812—866），字飞卿。文思敏捷，八叉手而成八韵，故有"温八叉"之称。作诗与李商隐齐名"温李"，作词与韦庄齐名"温韦"。被尊为"花间派"鼻祖。

李商隐（813—858），字义山，号"玉溪生"，又号"樊南生"。与杜牧合称"小李杜"，与温庭筠合称"温李"。

贯休（832—912），俗姓姜，字德隐。唐末五代十国时期诗僧，在中国绘画史上亦有很高声誉。

罗隐（833—909），字昭谏。史载他"十上不第"，晚年被吴越王钱镠重用。

韦庄（836—910），字端己，韦应物四世孙。"花间派"代表，与温庭筠并称"温韦"。

皮日休（838—883），字袭美，号"鹿门子"，又号"间气布衣""醉吟先生"。与陆龟蒙齐名"皮陆"。

鱼玄机（844—871），本名鱼幼薇，字蕙兰，道号玄机。唐朝四大女诗人之一，是温庭筠的学生和忘年交。

韩偓（842—923），字致光，号"致尧"，晚年又号"玉山樵人"。李商隐是其姨父。

郑谷（851—910），字守愚。曾任都官郎中，人称"郑都官"。以《鹧鸪诗》声名鹊起，人称"郑鹧鸪"。是侍僧齐己的"一字之师"。

齐己（863—937），俗名胡德生，晚年自号"衡岳沙门"。唐末五代十国时期诗僧。

* 本附录采用大致纪年，可能与不同资料有细微差别。